D0465989

Dominique Noguez

Amour noir

Gallimard

Dominique Noguez a publié dans la collection L'Infini *Les Martagons*, prix Roger Nimier 1995, *Amour noir*, prix Femina 1997 et *Immoralités* suivi d'un *Dictionnaire de l'amour* (1999).

J'en arrive à croire aujourd'hui de temps en temps que l'amour ne peut rien être d'autre qu'un droit volontairement donné à l'objet que l'on aime de nous tyranniser.

DOSTOÏEVSKI
Carnets du sous-sol

I

Ce soir-là, elle m'avait dit quelque chose de si dur et qui témoignait d'une si tranquille volonté de faire mal que, comme surprise elle-même de sa propre cruauté, elle s'était arrêtée net au milieu de sa phrase. Alors, passé les premières secondes d'incrédulité puis de douleur, j'avais pris son visage entre mes mains et l'avais fixée intensément. Elle n'avait pas cillé, et soutenait silencieusement mon regard. Jamais je n'avais regardé ses yeux de si près, si longuement, si avidement. Ils étaient d'un brun foncé, presque aussi sombres que leur pupille. Je ne pourrais pas écrire que je la regardais au fond des yeux car ces yeux-là n'avaient pas de fond. Ils n'étaient qu'une surface noire, désespérément opaque, des yeux inhumains, de rapace ou de lynx, d'une dureté de marbre ou de météorite, des yeux qui me regardaient mais ne me voyaient pas, qui ne m'aimaient pas, qui ne m'aimeraient jamais, qui n'aimaient ni n'aimeraient jamais personne, des yeux d'un autre monde. Et je m'étais dit, tandis que la buée des larmes commençait à brouiller ma vue et à me voiler leur éclat terrible, que par ces yeux-là j'aurais désormais beaucoup à souffrir.

Il y avait aussi ses dents, leur magnifique blancheur et ce petit écart adorable entre les incisives du milieu. Un jour, elle m'avait par jeu mordu au poignet et j'en avais les traces assez profondément inscrites dans la peau, je les montrais d'un air penaud, c'était au Balzar, nous soupions avec des amis après la reprise au Châtelet de *L'Enfant et les sortilèges.*

Il y avait aussi sa bouche, sa peau, ses seins.

Il y avait aussi son con, j'en parle plus loin.

II

Elle n'avait d'abord été qu'une silhouette blanche surmontée d'un buisson de boucles sombres, dans la pénombre de la promenade du casino de Biarritz un soir de juin. J'étais assis à la terrasse du café de la Grande Plage. À peine l'espèce d'ordinateur qui décrypte en nous les données de la vue pour déterminer si d'aventure elles sont compatibles avec nos modèles intérieurs et donner au désir le signal qu'il peut distiller son venin avait-il eu le temps de déclencher en moi son alarme (sang battant plus fort au cœur et aux tempes) qu'elle avait disparu. C'est que j'avais tardé à la suivre : j'avais dû attendre le garçon pour payer. Enfin, je m'étais levé, m'étais rapidement frayé un chemin parmi les promeneurs, assez nombreux ce soir-là, dans la direction où elle allait, j'avais même couru un peu vers une femme en blanc occupée déjà à gravir le raidillon du casino Bellevue et que j'avais prise pour elle (mais non, c'était une espèce d'Anglaise assez mûre). J'étais monté pour rien jusqu'à la place Sainte-Eugénie : les promeneurs se faisaient plus rares, les marchands de glace fermaient boutique, les familles rentraient, je ne la trouverais plus.

J'étais pourtant redescendu vers la plage sans grand dépit. Elle n'avait été qu'une silhouette, je n'avais pas pu distinguer ses traits, à peine avais-je vu qu'elle était jeune et de peau foncée : rien, pour le jeune célibataire très émoustillable que j'étais ce soir-là, qui en fasse autre chose qu'une proie possible et remplaçable. C'est seulement si, l'ayant rejointe, j'avais pu l'observer discrètement à loisir qu'aurait pu s'enclencher pour de bon le mécanisme du désir, peut-être même la fascination vénéneuse de la beauté. Car on peut suivre quelqu'un pour au moins deux raisons. Parce qu'on est en état de manque sexuel et qu'on *cherche* : en ce cas, tout ce qui rentre peu ou prou — d'abord prou, ensuite peu — dans le cadre de nos normes intimes peut faire l'affaire et, à ce grand jeu de leurre, le lévrier peut changer vingt fois de lièvre dans la même soirée. Ou bien, c'est la beauté, autant dire la foudre : on n'attendait rien, on a été happé au passage. Renversé comme Saül, on s'est mis comme Paul en marche ; on suit l'apparition en somnambule ou en zombie. Ce soir-là, j'étais plus lévrier que zombie. L'alcool y aidait, certes, et c'est le moment d'avouer que j'en étais au moins à

14

mon troisième rhum-Coca quand la belle apparition était entrée dans ma vie.

Sur la promenade de la Grande Plage, il restait suffisamment de lumière et, dans la lumière, de beaux visages, de corps désirables, pour occuper mon attention. L'un, d'ailleurs, venait à ma rencontre — une blonde, très bronzée — et je m'apprêtais, tandis qu'elle me croisait, à revenir sur mes pas pour la suivre, quand, à cinquante mètres devant moi, arrivant de la droite, du bowling, sans doute, j'avais vu réapparaître ma jeune femme en blanc, toujours seule, qui s'était mise à marcher dans la direction de l'Hôtel du Palais. J'avais eu alors, je m'en souviendrai toute ma vie, un intense moment d'hésitation. D'un côté, tout près, à portée de rencontre instantanée, la blonde séduisante, dont je venais de voir les traits, qui me plaisait bien, de l'autre, là-bas, l'inconnue sans visage, qui n'avait pour elle que sa silhouette et son mystère — c'est-à-dire, disons cela moins romantiquement, la plus-value que lui conféraient l'antériorité de son apparition et ma vaine poursuite de tout à l'heure. Vraiment, je fus une seconde immobile, paralysé (délicieusement paralysé). J'étais Pâris avec sa pomme, Héraklès à la croisée des chemins, voire — moins glorieux, mais plus juste — l'âne de Buridan. Je tranchai, cependant. J'aurais sans doute mieux fait de me tordre sur-le-champ la cheville. À quoi tient un destin ! Au moins ces

15

secondes d'hésitation, goûtées jusqu'à la suffocation, couvrent-elles de l'illusion du libre arbitre les cruels caprices du hasard. Je choisis donc l'antériorité et le mystère et, pour mon plus grand malheur (mais beaucoup de bonheur aussi, le compte n'est pas fait), je suivis l'ombre blanche.

Il arriva cette chose étrange : à hauteur du Palais, là où la promenade se resserrait en un mince quai serpentant, parfois à travers de petits tunnels creusés dans le rocher, jusqu'à la plage Miramar, pour la deuxième fois, l'ombre s'évanouit. Elle avait beau être très visible dans la foule maintenant clairsemée, j'avais beau la tenir, là-bas, à quarante mètres à peine devant moi, pour ainsi dire à bout d'yeux (comme on dit à bout de bras) : il y avait cet endroit, après la piscine de l'hôtel, où le chemin tourne brusquement. Or, au bout du tournant, je ne vis plus personne. Je poursuivis presque en courant, jusqu'à la petite montée charmante nommée Venelle des Vagues : en vain. À peine quelques messieurs errants. Je n'ai jamais beaucoup cru au surnaturel, elle ne m'avait fait, même de loin, ni tout à fait l'impression d'une fée ni celle d'un fantôme : elle paraissait, et c'est ce qui m'attachait à son effigie fuyante, trop *vive*. C'est pourquoi j'eus soudain l'idée de chercher dans la seule direction où une créature humaine cheminant comme elle aurait pu obliquer : sur la plage. Déserte, évidemment, à cette heure, autant qu'on pût en juger dans la pénombre, dégagée en outre jusque fort loin par la marée basse, comme le doux fracas des vagues l'indiquait à l'oreille. Je retirai mes mocassins et m'avançai. Je mis un certain temps à la voir, tant sa tenue blanche l'apparentait aux larges falbalas de l'écume. Elle s'était avancée au plus près des vagues, restait immobile à les contempler, pieds nus, se reculant seulement d'un petit sautillement gracieux quand elles éclataient trop fort, laissant, le reste du temps, les broderies de l'eau lui entourer les chevilles. Je demeurai un long moment à une distance respectueuse. Quand je me décidai à venir à sa hauteur, je le fis à une dizaine de mètres sur sa gauche, regardant droit devant moi, de façon qu'elle puisse me voir, sans avoir pour autant l'impression que j'étais là pour elle. Pendant un assez long moment, je ne sus quel parti adopter : me rapprocher ? m'éloigner ? Je n'étais même pas sûr qu'elle m'ait vu. Moi, pourtant, est-ce parce que c'était un soir de pleine lune (je pourrais le vérifier sur un vieux calendrier : je n'ai pas oublié le jour, c'était le 14 juin 1984), était-ce plutôt l'effet mêlé de mon imagination, de l'alcool et du désir ? J'entrevis ou crus entrevoir son profil. Quand elle s'était enfin arrachée à la contemplation des vagues et était remontée sur le quai, j'avais acquis la certitude qu'elle était jeune, assez belle, noire ou mulâtre et — plus précis encore — brésilienne. Combien de temps, ensuite, l'ai-je suivie ? Je marchais à cinq mètres d'elle. J'étais persuadé qu'elle ne m'avait pas remarqué, ni sur la grève ni sur la promenade. Elle paraissait ne voir personne, aucune des vieilles dames insomniaques encore assises sur les bancs, aucun des jeunes qui traînaient en bandes devant le casino. Elle marchait vite, moins comme quelqu'un qui a un but et s'y hâte que sous l'effet d'une jubilation secrète.

À la fin, dans la rue Monhaut, qui était déserte et où l'écho amplifiait le moindre bruit de pas, elle ne pouvait plus m'ignorer. Il fallut prendre une contenance : je choisis de la doubler comme quelqu'un qui rentre chez lui d'un pas rapide — nous étions à la hauteur de la place Clemenceau, devant le petit tabac qui jouxte le Royalty —, puis je me tournai vers elle, l'air de la reconnaître, et lui adressai la parole.

... Comment ai-je pu écrire que c'est moi qui l'avais suivie et abordée ? N'était-ce pas *aussi* l'inverse ? Il y a des façons de suivre en précédant. Elle m'avait assurément vu depuis le début, depuis l'attente au bord des vagues ou même avant. En tout cas, bien avant le dénouement. Dans la montée de la rue Monhaut, quand je l'avais dépassée, je ne m'étais pas retourné, à peine si j'avais entrevu son visage en la doublant. J'avais continué comme un promeneur indifférent et, emporté par mon élan et ma fiction, arrivé place Clemenceau, avais tourné à droite. J'avais eu un moment d'hésitation, m'étais arrêté, puis m'étais engouffré dans la ruelle qui longe l'arrière du Royalty. C'est seulement là, à l'abri de l'ombre, que j'avais décidé de me retourner. Je n'avais pas encore eu le temps de le faire que j'entendais son « ohé ! » — une voix très claire, très assurée : elle, assise sans vergogne sur le capot d'une voiture, là-bas, devant le tabac, me regardant tranquille et souriante. J'avais marché lentement vers elle et lui avais dit, mi-affirmatif, mi-questionnant, mal assuré devant ce regard triomphal : « Nous nous connaissons ? » À ma surprise, elle n'avait pas pris la question comme une formule rituelle d'entrée en matière (à peine moins pauvre que « Vous avez l'heure ? », permettant toutefois un plus grand nombre de réponses : « Je ne crois pas », « Peut-être », « Qui sait ? », « Ça ne me déplairait pas », « Pas encore, mais ça ne saurait tarder »...). Elle avait répondu très sérieusement que c'était « fort possible », que je l'avais, « probablement vue dans un de ses spectacles ». Il y avait beaucoup d'indications dans sa réponse : sa profession (actrice ? jongleuse ? strip-teaseuse ?), mais aussi son parfait accent de banlieue parisienne, qui mettait mal en point mon hypothèse brésilienne, ce « *fort* possible », enfin (au lieu, par exemple, de « *très* » ou de « *tout à fait* possible »), dit avec une légère affectation, qui marquait je ne sais quel plaisir de parler, en même temps qu'une évidente

19

envie de *bien* parler, c'est-à-dire de grimper dans l'échelle de la distinction sociale. Cela d'abord assez confusément perçu par moi, tout occupé que j'étais de son visage, de ses petites boucles noires magnifiques, de ses yeux d'un noir tirant sur le brun, très ardents, je dirais même impérieux, de ses lèvres de métisse, plus fines que celles d'une Noire, de ses dents impeccables, avec ce petit interstice au milieu de la rangée supérieure qui fait parler de « dents du bonheur », la forme exquise de ses seins, à peine un peu plus abondants que ce qu'indique habituellement le mot « fermes », de sa taille d'une minceur exceptionnelle, avec de belles hanches — je ne voyais pas les jambes, cachées par le pantalon blanc (et tant mieux, c'est ce qu'elle avait de moins bien, comme j'allais m'en rendre compte à peine dix minutes plus tard). Strip-teaseuse ? C'était bien « mieux » que cela. Elle participait à des « chorégraphies » totalement pornos, dans cette fameuse boîte de la Chambre-d'Amour, Le Cheval Bleu, où accouraient depuis le printemps les vieux marcheurs et les jeunes snobs de toute la région (« de Bordeaux à Bilbao », disait la publicité). À peine avais-je eu le temps de lui dire que j'avais entendu parler, bien sûr, du Cheval Bleu, sans avoir encore eu l'occasion de m'y rendre, ce que je ne manquerais pas de faire au plus tôt, elle avait pris les choses en main : « Pas la peine de vous déplacer, je vous passerai une cassette. » Elle

20

m'avait dit son nom, Lætitia. Puis : « Vous m'emmenez ? » — ou plutôt (elle n'était tout de même pas si directe !) : « Où m'emmenez-vous ? » Je ne sais ce qui m'a pris, je l'ai alors saisie par la taille, comme pour l'aider à descendre du capot, et j'ai approché mes lèvres des siennes. Elle n'a pas même eu un mouvement de surprise et aussitôt, comme si elle s'y était attendue, comme si cela allait de soi de toute éternité, elle s'est prêtée au baiser le plus profond, le plus long et le plus voluptueux que j'aie jamais partagé en pleine nuit, au beau milieu d'une place publique, dans une ville de plus de vingt mille habitants.

C'est elle qui avait mis fin, brusquement, à cet interminable petit bonheur. Elle interrogeait du regard. Je m'étais décidé sur-le-champ.

« Puis-je vous... t'inviter à...

— Où ?

— Par là. »

J'avais désigné le trottoir d'en face. La cocasserie était que nous étions pratiquement devant la librairie de mes parents, et à trente mètres de leur appartement. Quand je l'eus arrêtée devant la porte de l'immeuble, après seulement trente secondes de marche, elle parut amusée de cette proximité. D'ordinaire, j'évitais de ramener chez nous mes conquêtes. Mais je n'avais pas de voiture, la garçonnière de Jérôme était à perpète. Dans l'escalier, elle me posa des questions sur ce que je faisais. Je répondais avec modération et même modestie. Cependant, les mots « cinéma », « télévision », « scénario », faisaient leur effet. Elle écoutait avec attention. J'eus à peine besoin de lui expliquer que je n'habitais pas seul, qu'il faudrait ne pas faire trop de bruit en traversant le vestibule et le corridor : elle paraissait habituée à ce genre de situations. Après de nouveaux préliminaires délicieux, j'avais été chercher des liqueurs au salon. Quand j'étais revenu, elle était nue sur le lit, dont elle n'avait pas ôté le dessus. Curieux indice : habitude d'amours furtives ? distraction ? discrétion ? Ah ! Je n'en étais pas à faire la fine bouche. Elle était la sensualité même. Sa peau n'était pas vraiment noire : *café au lait* — « mais, à ce moment de l'été (selon la jolie formule qu'elle eut un peu plus tard), avec peu de lait et beaucoup de café ». Ce n'était pas non plus une de ces peaux africaines un peu rêches, presque râpeuses, qui semblent de magnifiques cuirasses pour une vie au soleil. Quelque chose de fragile et de lisse, presque de gras — l'élasticité ferme et crémeuse de la jeunesse. Quel âge avait-elle ? Elle avait dit « bientôt vingt ans ».

« Quand ?

— Le 12 juillet. »

J'avais ensuite fichtrement gambergé sur cet anniversaire. Dans même pas un mois. Fêter les vingt ans d'un être qu'on aime ! En fait, elle mentait d'un an. Pour l'heure, je n'étais même pas déshabillé, elle me tendait un préservatif en souriant.

III

Ce souvenir m'a donné envie de réparer mon vieux magnétoscope pour revoir sa cassette du Cheval Bleu, que j'ai toujours J'aime m'attaquer longuement à ces appareils que personne ne sait jamais faire marcher. Au bout d'un moment, je ne pense plus qu'aux vis, aux fils, à la tête de lecture, aux courroies. Bienfaisant démon du bricolage, qui m'a valu de grands bonheurs et même quelques succès. Hélas ! cet après-midi, je n'arrive à rien.

À quoi bon ? Je connais le film par cœur. Je pourrais décrire chaque plan : la scène vide, tout occupée de tentures et de palmes, prolongée, au-dessus du public, par un grand filet ; l'arrivée des deux « explorateurs », épuisés et frustrés par des semaines d'errance dans la savane ; le gros plan sur les feuilles qui bougent. L'un des Blancs bondit. Capture de la jeune indigène (Lætitia, en peau de léopard, pieds nus, fleurs rouges dans les cheveux). Les tentatives de palabre échouent. L'autre Blanc secoue un peu vivement la prisonnière, puis la repousse dans un coin. Celle-ci, profitant d'un moment d'inattention, saisit un couteau et se précipite sur lui. Il la désarme. Dans la lutte, les fleurs tombent, un sein paraît. On ligote la belle rétive. La lumière baisse, c'est la nuit. L'un des coopérants repose, l'autre veille fusil en main. Elle ne dort pas, geint, pleure. Un « rayon de lune » moule opportunément ses formes. L'autre s'approche. Elle le regarde d'un tel air qu'il succombe ; il veut l'embrasser ; elle fait mine de résister, puis cède. Ils s'embrassent. Gros plan. Il la détache. Près du feu de camp (des lamelles de papier rouge éclairées par derrière), elle entame pour le remercier une danse lascive à visée strip-teasante. L'autre sein paraît, le pagne ne tient plus que par un poil. Au moment précis où il tombe, la sauvageonne bondit vers le filet, poursuivie par le coopérant torse nu. Ici, un flou : la caméra peine à suivre les deux corps, à les reprendre plein cadre. Quand, de nouveau, l'image est stable et nette, on n'en est déjà plus aux enlacements romantiques. L. est à croupetons au-dessus du visage de l'homme, qui lèche, et, de son côté, elle pompe, en tirant de la main sur le sexe qui tarde à durcir. La caméra bouge au moins autant que les protagonistes. On entend le grincement des fauteuils du public et presque la salive couler dans les gorges.

Ensuite, les acteurs quittent le filet — qui fait

25

déjà des traces malencontreuses sur la peau du Blanc — et il y a, près de la rampe, cette scène à trois que je n'ai jamais pu supporter. Non à cause de la figure, désespérément banale — Lætitia assise sur l'un des acteurs allongé et pénétrée par lui ; l'autre acteur, debout devant elle, jambes écartées et se faisant sucer —, ni même à cause du caractère mécanique de tout cela (comment dire ? plus que de la froideur : l'acteur étendu est tantôt complètement couché, tantôt relève un peu le torse et s'appuie sur les coudes, l'air vraiment de s'emmerder, au mieux inexpressif ; l'autre a la tête un peu penchée, on ne voit jamais ses yeux, il regarde peut-être les coulisses ou rien, il a les mains qui ballent le long des cuisses). Non, l'insupportable, c'est leur air de *ne pas y être*, alors que leurs sexes sont raides, rouges, qu'on ne voit qu'eux sur l'écran, toute cette vie brillante au milieu de ces airs de banquise — sinistres profiteroles ! C'est ce double jeu étalé devant nous, rythmé, horriblement cadencé (parfois il y a de la musique, une sale petite musique flasque, mais c'est bien pire quand elle s'arrête, alors il n'y a plus que les floc ! flac ! floc ! des peaux mouillées qui s'entrechoquent). Ce mensonge d'un corps où le fragment ne joue plus le jeu du tout, où le tout essaie vainement de faire oublier le fragment. Ce corps tranquille, apparemment au repos, distrait, détaché, apparemment muet, et qui, en réalité, crie une chose, une seule chose : je pénètre Lætitia ! Je la fous ! Je la fourre ! Je la bour-re ! Je la fouis ! Je la vrille ! Je suis branché ! Je suis *entré* en elle ! Et horreur de l'image qui dit : vous pouvez me passer en accéléré, en arrière, en avant, me figer, m'effacer, vous ne pourrez faire que cela n'ait eu lieu à jamais — cette pénétration. Mais je n'ai rien dit encore, j'ai laissé dans l'ombre la pièce centrale de cet écœurant dispositif de chair : Læti-tia entre eux, prise par-dessous et par-dessus, non pas mécanique, elle, non pas l'air secouée, à son insu, par une de ces espèces de monstres de films d'épouvante qui se faufilent dans les corps et les agitent soudain violemment de l'intérieur et malgré eux, non pas hypocrite, elle, pas chaude *et* froide, pas indifférente *et* turgide, pas le fragment contre le tout, pas divisée : tout d'une pièce, vail-lante, énergique, jouissant de tout son être, les lèvres un peu retroussées sur ses dents serrées, les yeux bien ouverts, la sueur perlant sur ses tempes, toute à sa besogne, toute livrée — toute perdue pour moi.

Et pourtant, cette cassette odieuse, que j'avais failli lui rendre avec dégoût, sur laquelle elle n'eut jamais mon avis (au début, j'avais eu peur de la blesser ou d'être ridicule, plus tard, quand j'aurais pu lui en parler plus posément, elle m'avait quitté), il arriva un jour où elle me devint plus précieuse qu'une icône. La répulsion première, faite de jalousie, bien sûr — de la plus terrible des jalousies : la jalousie physique —, et de cet effroi devant la sexualité des autres qui m'a toujours empêché d'être un voyeur conséquent, avait fait place à un sentiment plus esthétique, c'est-à-dire apaisé, la nostalgie et même le désespoir de ne pouvoir plus jamais la revoir ayant raboté toutes les aspérités, tous les aiguillons de l'obscénité. Parfois, même, dans les rares périodes où je fus un peu détaché d'elle et pour peu que je sois resté un peu long-temps chaste, j'arrivais à avoir en face de ces cadrages maladroits et de ces gros plans insistants l'attitude purement utilitaire qu'on a devant les films pornographiques. Elle n'était qu'un beau corps — hélas ! qu'un fantôme de beau corps — parmi d'autres. Alors, tout s'inversant parfaite-ment, cette ardeur, cette rare sensualité qui me choquaient profondément quand elles semblaient s'adresser à ses partenaires, m'excitaient au-delà de tout, maintenant qu'elles semblaient ne s'adresser qu'à moi.

Mais, le plus souvent, comme aussi quelques dizaines de photos aujourd'hui détruites et mieux qu'elles, ces images mouvantes et fragiles avaient le mérite insigne de me la redonner comme je l'ai connue dans les premiers temps de notre amour (à supposer que, préjugeant décidément de la réci-procité, je puisse dire « notre amour »). Elles sont en tout cas le seul souvenir — de seconde main, ou plutôt de second œil — qui me reste du Cheval

Bleu. Pour ce qui est du premier œil — je me rendis là-bas un soir, malgré sa défense expresse. C'était plus fort que moi. Je comptais rester au fond, sans qu'elle me voie, et repartir discrètement ou, qui sait, aller la saluer dans sa loge (très *Ange bleu*, très *Morocco*, pour le coup !). Sans doute, passé le premier mouvement de contrariété, serait-elle alors sensible à l'honneur que je lui faisais de venir la surprendre dans un lieu que j'avais assez de répugnance à fréquenter, moins à cause du spectacle que du public, elle verrait mon air amoureux et implorant, elle serait désarmée, elle aurait ce sourire qui dévoilait l'exquis hiatus de ses dents, nous rentrerions ensemble chez elle.

Or le cabaret n'était pas du tout comme je l'imaginais. Un long bar occupait tout un côté de la salle et, quand j'entrai, après avoir payé les cent francs du billet, j'eus un choc en l'apercevant assise au bar avec plusieurs jeunes gens : ses partenaires, peut-être, ou des clients qui la connaissaient. Je ressortis aussitôt, le cœur battant. Il me semblait qu'elle m'avait vu, qu'elle me verrait en tout cas immanquablement si je rentrais de nouveau, la salle était trop petite pour qu'elle ne pût voir tous ceux qui prenaient place, même pendant le spectacle. C'était sans doute l'effet fragilisant de l'amour quand il n'est pas assuré d'être réciproque — cette timidité qui rend chiffe molle et jambes de coton devant l'être aimé, devenu aussi terrorisant

29

et irregardable qu'une idole. C'était surtout, je crois, la prémonition des souffrances que j'éprouverais peu après en regardant la cassette, à la voir nue et besognée par d'autres, et que j'aurais assurément éprouvées bien plus cruellement devant elle en chair et en os : je disparus, morfondu, et ne remis jamais les pieds au Cheval Bleu.

Rien de cela, par contre, rien qui ressemblât à de la souffrance, la nuit de notre rencontre. D'ailleurs — à une ou deux exceptions près, sur lesquelles je reviendrai —, dans les moments très précis de notre liaison où nous avons fait l'amour, dans ces instants qui, ajoutés les uns aux autres, constitueraient sans doute la durée très brève (quelques semaines, voire quelques jours en tout) du seul vrai bonheur que j'aurai eu sur terre, je n'ai jamais connu d'autre souffrance que celle du plaisir porté à son incandescence, ni d'autres larmes que de joie et de gratitude. Tout cela bien *belle âme*, bien nigaud, peut-être, mais quoi ! cette nuit-là, notamment — ce petit bout de nuit-là —, Lætitia, avec sa façon de ne pas se ménager, m'aurait fait croire enfin au paradis.

Je n'ai pas gardé le souvenir précis de cette première étreinte. D'autres m'ont marqué davantage, par une intensité plus grande encore, par des inventions, par un détail. Et puis, comme une musique qu'on entend des centaines de fois mais qui, si elle a de la valeur, semble à chaque fois nouvelle et fraîche, les innombrables étreintes qu'on a avec une femme qu'on aime vraiment se recouvrent l'une l'autre comme des vagues douces, pour n'en former pour ainsi dire qu'une seule, qui a toutes les caractéristiques des plus belles d'entre elles : chacune fait oublier les précédentes, car chacune *est* les précédentes, la présence en plus. La première, en tout cas, avait sans doute déjà presque toutes les caractéristiques des autres et c'est ce qui dut me frapper : l'absence de chichi, l'ardeur, la frénésie, même — au début, c'est L. qui menait la danse, je n'avais qu'à suivre —, plus une particularité que je n'ai pas oubliée — un empressement à m'embrasser longuement la peau que nulle autre n'avait encore eu avec moi. D'où vint que je ne me méfiai pas, la trouvant tout juste un peu *vorace*, et c'est seulement le lendemain matin, en découvrant devant l'armoire à glace toutes ces taches bleues sur mon cou, mes épaules, mes bras, que je m'avisai que c'était là ce qu'on appelle des suçons. (Dieu merci, elle en perdit l'habitude assez vite.)

Décidément, j'ai tort de laisser entendre que cette première fois ne m'a pas marqué outre mesure. Comment, sinon, expliquer ma fascination immédiate, ma joie d'en connaître « une enfin, qui n'était pas comme les autres », qui les dépassait toutes, comment, surtout, expliquer l'amour, qui commençait déjà à opérer de façon fulgurante ? En fait, je me souviens aussi d'au moins deux choses précises : l'impression délicieuse que me fit, au-dessus de sa hanche droite, le petit creux qui marquait sa taille — j'ai dit combien elle était fine — et que ma main caressait et recaressait, y revenant sans cesse comme on revient à un de ces lieux — grenier, cabane, coin de forêt — abrités, à l'écart, inconnu de tous, où l'on a ses aises et de grands bonheurs secrets. Et aussi, quand je lui passai longuement la main dans les cheveux, ce mouvement d'humeur — moins, sans doute, pour protéger l'ordonnance de ses boucles (qui se remettaient d'elles-mêmes assez joliment en place) que pour me signifier que, de son corps, elle était et resterait la seule maîtresse. Cette petite colère n'eut pas de suite et, les fois suivantes, le tabou capillaire fut levé. N'empêche, j'aurais dû mieux analyser son geste. Mais l'amour analyse-t-il ? Autant demander à un borgne de regarder dans des jumelles. Apparemment, le venin faisait déjà son œuvre et j'en étais à occulter l'un après l'autre tous les indices d'un prochain malheur.

Il faut dire qu'elle s'efforçait encore de donner le change. Après notre deuxième orgasme — quasi simultané : cela aussi était nouveau pour moi —, elle se fit presque timide pour m'annoncer « deux choses : une bonne, l'autre mauvaise ». La bonne était qu'elle voulait que nous nous revoyions ; la mauvaise qu'elle ne pourrait rester toute la nuit.

(C'était une façon de parler : les oiseaux piaillaient déjà depuis belle lurette dans les platanes de la place ; on voyait le jour poindre par l'interstice des rideaux de la chambre.) En partant, elle allait si bien au-devant de mon désir — car je nous voyais mal, réveillés au matin par la femme de ménage ou nous retrouvant nus, dans la salle de bains, nez à nez avec mes parents — que je ne prêtais pas attention à ce que sa façon de s'éclipser avait d'étrange : ne m'avait-elle pas dit qu'elle ne travaillait que le soir, qu'elle n'avait présentement pas d'ami, qu'elle habitait seule à Anglet ? Rien donc ne l'obligeait à rentrer si vite. Je ne vis pas non plus comme un signe, dehors, sur la place Clemenceau déserte où je l'accompagnais à la recherche d'un taxi, qu'elle m'ait dit soudain, sur le ton direct et persuasif de l'affirmation enjouée plus que de la véritable interrogation : « Tu me donnes un peu d'argent pour le taxi ? » — et cela, sans chercher le moins du monde à orner sa demande d'une de ces formules (« j'ai oublié de prendre mon sac », « je n'ai plus que des chèques », « je te le rendrai demain ») qui font d'ordinaire avaler la pilule. « Ça ira ! » avait-elle seulement dit en saisissant le billet de deux cents francs que j'avais sorti, n'ayant pas de monnaie, ce qui représentait tout de même trois ou quatre fois ce dont elle aurait besoin, même si elle avait habité à l'extrême périphérie

33

d'Anglet, qui passe, il est vrai, pour la commune la plus étendue de France.

Le lendemain, ou plutôt quelques heures après (j'avais mis sur ma porte un mot priant qu'on me laisse dormir), quand je me levai enfin pour paraître au déjeuner, je n'y pensais plus, bien trop occupé à dissimuler sous un foulard, en prétextant un torticolis, les marques bleues de ma belle vampire.

IV

Nous nous étions d'abord beaucoup promenés. Parfois, très tard, après avoir fait l'amour dans le studio de Jérôme, nous nous retrouvions sur la promenade de la Grande Plage, là même où je l'avais aperçue la première fois. Était-ce ce lieu ou la douceur de l'air ou le souci qu'elle avait encore de paraître adorable, mais, sa tête sur mon épaule et mon bras autour de sa taille, la main logée dans le petit creux que j'aimais, nous avancions sans parler, comme de vulgaires amoureux qui n'ont plus rien à se dire. Et puis, tout à coup, elle se mettait à parler longuement, à raconter des choses de son enfance. C'est un de ces soirs-là qu'elle m'avait fait rire aux larmes avec l'histoire de ses oncles, elle en avait une ribambelle, l'un était une pauvre chiffe plaquée par sa femme, l'autre un parvenu vaniteux et hâbleur, puis elle était devenue grave en parlant de son père, musicien bohème de Montmartre qu'elle avait très peu connu.

Ou bien nous partions toute la journée, beaucoup plus loin, au fin fond des terres. C'est ainsi que, peu de temps après notre rencontre, déambulant du côté de Cambo-les-Bains, nous avions pénétré sans le savoir dans la propriété d'Edmond Rostand. Lætitia allait rentrer à Paris, où je devais la rejoindre la semaine suivante. Déjà, elle était ailleurs, distraite ou plutôt indifférente, je devrais même dire *fermée*. C'est par hasard, par le plus grand des hasards, que nous étions arrivés jusqu'au pied de ce domaine et que nous avions gravi le chemin montant, entre les buis et les magnolias, puis traversé une petite forêt de beaux chênes aux troncs noueux. Et nous nous étions retrouvés devant le spectacle le plus inattendu qui soit dans cette partie un peu fruste du pays basque : un vaste jardin à la française avec des pièces et des jets d'eau dignes de la villa d'Este et, pour commencer, entre deux rotondes, une étroite pergola longeant une cascade. Et tout là-bas, devant, la grande maison resplendissait dans le bleu du ciel — maison de style basque-labourdin pareille à tant d'autres, avec ses colombages verts sur fond blanc, mais *multipliée par dix ou vingt* ! Une maison de poupée de la taille d'un château ! Je proposais déjà à L. d'aller la voir de plus près, quand, s'arrachant à mon bras qui l'enlaçait, elle se glissa entre les colonnes de la pergola et s'avança, au risque de tomber, sur le mince rebord qui surplombait la cascade. Quand elle fut à peu près à égale distance des deux rotondes et alors que j'avais entrepris tant bien que mal de la suivre, elle ôta sa robe légère et sauta dans l'eau. D'abord, elle avait couru jusqu'au jet d'eau, avait offert son visage, les yeux clos, la bouche grande ouverte, à la puissante retombée des gouttes, puis s'était roulée en tout sens dans le bassin, comme un jeune animal brun, semblant ignorer ma présence tout autant que celle des touristes qui se promenaient aux alentours. Enfin, elle s'était relevée brusquement, me criant « viens ! » de façon si péremptoire que je n'avais pas eu le choix. J'avais abandonné chemisette et pantalon, j'avais sur moi mon maillot de bain. Elle me l'arracha quand je fus près d'elle, avec un rire violent, et plus je maugréais, plus je tentais de le remettre, en lui désignant les petits groupes de visiteurs dans les allées, plus elle riait et, avec une force qui m'étonna, elle tira sur l'étoffe du maillot jusqu'à le déchirer. Puis elle me fit glisser dans l'eau et se rua sur moi avec une voracité voluptueuse à laquelle je ne résistai pas longtemps. Une famille s'était immobilisée sur la rotonde de gauche, interdite, jusqu'à ce que la mère, particulièrement scandalisée, tire en arrière mari et marmaille pour mettre nos ébats hors de portée des regards. Jamais peut-être Lætitia ne montra plus de fougue et d'ingéniosité érotique que ce jour-là. Mais jamais je n'eus plus de contrariété à faire l'amour. Probable que l'exhibitionnisme n'est pas mon fort. Plus le plaisir venait, le sien, bruyamment annoncé, et tout de même aussi le mien, plus j'étais navré. Nous faisions assez d'éclaboussures et de bruit pour que nul n'en ignore et je sentais trop bien les regards peser sur nous. Soyons juste, cependant : un moment vint où la volupté fut assez forte, assez engourdissante pour balayer tout le reste, gêne, regards, et jusqu'à la dureté cimenteuse du bassin, jusqu'aux cailloux pointus qui m'entraient dans la chair. Même, quand nous eûmes fini, c'est moi qui mis le plus de temps et de flegme à me rhabiller : *quand la borne est passée, il n'est plus de limite.* Il serait faux, cependant, de prétendre que nous tardâmes beaucoup à regagner la voiture et à filer. Je n'eus même pas le temps de voir sur la barrière le nom de la propriété.

Le retour avait été sinistre, je crois. En tout cas très silencieux. Autant de mon fait que du sien. Ce qui me faisait taire, moi, ce n'était pas tant la péripétie aquatique ni l'occasion qu'elle m'avait fait perdre de visiter l'étonnante maison. C'était une appréhension. Deux jours plus tôt, téléphonant devant moi à quelqu'un dont, même tout près, comme j'étais, je n'avais pu distinguer la voix ni, par conséquent le sexe (elle avait un art consommé de coller l'écouteur contre son oreille pour que nul ne puisse entendre), elle avait eu une fin de conversation — « À seize heures dix. Non. Sur le quai, sinon dans la voiture-bar. Oui. Moi aussi, très fort. » — qui suggérait assez clairement qu'elle ne rentrerait pas seule à Paris et que la personne qui devait l'accompagner était des plus intimes avec elle. Cet incident m'avait mis à la torture : j'étais resté plus d'un quart d'heure à me demander si je ferais passer ma quiétude avant le savoir-vivre (puisqu'il est en principe impoli d'écouter une conversation téléphonique), puis quand, très mala-droitement — d'autant plus maladroitement qu'essayant de prendre un ton détaché je n'étais parvenu qu'à éructer ma question d'une voix sourde et qu'elle avait dû me la faire répéter (ce qu'elle avait fait très sèchement) —, quand, dis-je, je lui eus demandé si elle voyagerait avec quel-qu'un, elle m'avait regardé d'un air glacial et n'avait rien répondu. J'étais déjà trop amoureux pour insister, j'avais passé le peu de jours qui res-taient avant son départ à tenter de faire oublier mon indiscrétion, avec un succès très relatif et même, avouons-le, quasi nul. Que j'essaie tout de même de décrire un peu mieux son air ce jour-là : entre indifférence et mépris, une façon d'être absente ou plutôt de faire comme si l'autre (c'est-à-dire moi) n'existe plus depuis des siècles, un rayon-nement négatif, le gel meurtrier de toute relation, même aussi ténue qu'un fil de la Vierge, même de l'ordre de la simple politesse ou de la vague « pi-tié » qu'éprouvent l'un pour l'autre, au dire de

Jean-Jacques Rousseau, les êtres vivants, fussent-ils les plus éloignés dans l'échelle des espèces, et qui fait, par exemple, hennir et se cabrer un cheval qui sent près de lui un cadavre. Un air — je poursuis — au-delà de la bouderie, au-delà du dépit, ce qui ne veut pas dire que le dépit soit dépassé : au contraire, il est là, énorme, tout s'organise, tout rayonne à partir de lui : le rayon de la mort, dirais-je. Ses yeux étaient fixés sur moi, très ouverts, durs, brillants, mais sans me voir ; j'étais traversé, c'étaient des yeux pensifs, qui voyaient à l'évidence un avenir où je n'étais plus. Les amants qui vont rompre ont souvent cet air-là. Mais nous nous connaissions à peine, et depuis si peu ! Se pouvait-il qu'elle eût si peu de patience ou de curiosité ? En fait, une semaine après, tout était oublié. Mais l'alerte avait été chaude. Comment n'aurais-je pas compris, dès là, qu'avec elle, si belle et si convoitable, l'incertitude serait constante et plus terrible qu'avec aucune autre : car je ne pourrais pas même me livrer aux mornes délices de la jalousie. Il y aurait toutes les raisons d'être jaloux sans la permission de l'être. Il faudrait toujours compter avec cette effarante dureté qui la mettait soudain, pour des journées et même, hélas ! des semaines, hors de prise — même pas ricaneuse (car le ricanement marque encore une espèce d'intérêt négatif), mais muette, glacée, hyperboréenne, inaccessiblement ailleurs, dans une autonomie absolue qui est l'empêchement absolu de l'amour. Bref, j'avais déjà, en cet après-midi à Cambo, la preuve qu'elle m'en ferait beaucoup endurer.

V

Dieu sait si j'ai aimé les lettres d'amour ! Il fut un temps où j'en faisais collection : j'en eus une de Flaubert à une jeune personne de Croisset qu'il appelle « ange » et dont il embrasse « les jolies mains, les jolis pieds et tout le reste » et même une d'Apollinaire à Lou, qui commence par

> *Ô délicate bûcheronne*
> *À damner tous les bûcherons*
> *Quel est le matou qui ronronne*
> *En zieutant tes jolis seins ronds ?*

et qui m'avait coûté la peau des fesses. C'est à cause de Lætitia que j'ai dû m'en défaire. Il me semble aussi que c'est à cause d'elle que je l'avais achetée, car rien ne plaît tant à l'amour parvenu à un certain degré d'intensité dangereuse que de se savoir non unique et de trouver des apaisements dans les mélopées des autres. Je faisais ainsi grande consommation d'épigrammes grecques ou de « lettres » de samouraïs. Les poèmes d'amour arabes me retenaient aussi beaucoup, avec leurs « joues de rose » et leurs « yeux de gazelle ». (De toute façon, c'est cela ou les mots crus. La littérature amoureuse navigue toujours entre la métaphore un peu trop riche et le *con-cul-bite* ; je préférais la métaphore.) En « Occident », d'Abélard aux lettres à Lou, au Castor ou à Elsa, l'histoire de la littérature épistolaire amoureuse n'est pas si riche. Je me souviens d'avoir en particulier déploré le grand vide correspondant au développement du téléphone, du moins avant l'invention de la télécopie, du minitel et d'Internet, qui ont redonné une petite chance à l'écrit. Sans parler du caractère par nature périssable de ces objets intimes — il suffit de penser au geste lamentable de Madeleine Gide brûlant les lettres d'André, qui les tenait pour les plus belles choses qu'il ait jamais écrites.

Pour moi, je n'en ai guère écrit. Ce n'est pas l'envie qui me manquait, mais, quand elle vivait avec moi et que je lui laissais des mots, ne serait-ce que de trois lignes, le matin en partant, je constatais ensuite que Lætitia ne les avait pas lus, sauf les plus courts, les plus utilitaires. Et toutes les fois qu'elle s'est éloignée de moi — situation qui incite particulièrement aux épanchements écrits —, elle s'arrangeait, craignant sans doute les miens, pour vivre loin de tout télécopieur.

Tout de même, un jour, je lui avais écrit une lettre, dont j'ai conservé le double, non parce que j'en suis fier (je n'avais pas alors, je le jure bien, de ces fiertés *littéraires*), mais parce qu'elle résume assez exactement le point où j'en étais arrivé avec elle, et parce que cette lettre — ironie du sort — avait précédé de quelques heures sa plus longue disparition, du moins avant notre séparation de dix ans, et que j'ai longtemps cru qu'elle serait l'épitaphe de notre amour.

Ma petite Læ, commençais-je (c'est ainsi que je l'appelais dans les moments de tendresse), Lætitia chérie, il fait nuit encore, je t'écris du salon pendant que tu dors dans le grand lit. Ô ma Læ chérie, pardonne-moi mon indélicatesse de cette nuit, ton corps était entouré d'une si douce chaleur, ton haleine et ta peau fleuraient tellement les choses les plus suaves que j'aie respirées depuis que je vis, tu n'as jamais été aussi désirable, aussi belle dans la nuit, comment aurais-je pu ne pas te réveiller ?

Tu m'as fait mal avant-hier, ma petite chère douce Lætitia, j'ai eu peur tellement, après, en y repensant — je voulais t'en parler cette nuit, quel dommage qu'il y ait eu ce froid entre nous —, peur quand tu m'as dit sur le pont des Arts avec ces yeux que tu as quand tu es

tout d'un coup sérieuse et presque triste :
« Alors, tu veux me quitter ? » Mon amour,
peux-tu avoir vraiment pensé cette chose
insensée ? Tu sais bien que si l'un de nous
deux quitte l'autre, ce ne sera pas moi. J'ai eu
peur comme aux premiers jours, c'est la
preuve que mon amour pour toi — je n'ose
dire notre amour — est encore dans sa fragile
jeunesse, le plus long est devant nous, fort et
inconnu.

À présent, il est encore trop faible. Tu
serais peut-être effrayée, s'il était comme il
devrait. Je t'aime tant que je voudrais
m'anéantir en toi. Je n'aurais ainsi plus à
traîner cette pauvre vie séparée. Ce ne serait
pas un sacrifice, crois-moi, ce serait le bonheur. Je ne serais plus ce corps d'impatient,
de jaloux, je ne t'embêterais plus, je serais en
toi comme un peu de vie en plus, un peu de
ta belle jeune vie qui a si peu besoin de la
mienne, autour de toi comme un air léger,
comme un reflet. Oui, n'être qu'un peu de
lumière autour de toi ou dans tes yeux,
quelques battements de sang dans ton cœur,
de petites images pures dans ton esprit et
voilà tout.

Ou au moins... — on dit « malade
d'amour », « fou d'amour » : être cela littéralement. À défaut de disparaître, le corps

ferait allégeance totale, somatiserait sa dépendance. Pantin désarticulé, muet, aveugle, tremblant d'une fièvre sans fin — ne parlant, ne voyant, ne respirant que dans la proximité de ce qu'il aime. (Je ne suis pas encore capable de cela. Heureusement, diras-tu. La belle affaire que de côtoyer un légume ! Je ne te ferai pas cela. Très présentable, le mec, promis. Digne et drôle, si possible.)

Ma petite Læ, mon lait de tendresse, mon L., mon petit loup, mon agnelle, mon oiselle tiède, mon âme, mon souffle, je t'embrasse à pleins poumons, de tout mon corps. Je t'aime tellement, il fallait que je te le dise un peu moins mal que d'habitude. Par l'interstice du rideau du salon, le jour paraît : nouveau jour, nouvel amour, chaque jour un amour tout neuf pour toi, plus clair, plus grand, plus intense, un amour immense à tes pieds. Je t'aime. Je t'aime tous les jours, de toute éternité, et jusqu'au bout des temps.

Éric.

Tant de naïveté devrait faire sourire. Naïveté ? Plutôt autosuggestion. Car j'avais bien vu que c'est elle qui me quitterait (elle l'avait déjà fait, elle n'allait pas attendre quarante-huit heures pour le refaire). Mais je m'étais fait des illusions sur son

« Tu veux me quitter ? ». C'était, certes, une des rares choses sincères qu'elle ait jamais exprimées, l'effet d'une angoisse véritable, qui m'avait, pour cela, presque bouleversé (soudain, je craignais de l'avoir mal jugée, et depuis le début). Or, ce qu'elle redoutait, ce n'était pas que je la *quitte*, puisque aussi bien elle habitait désormais chez moi, mais que je la *chasse*. Question de loyer, non de passion.

Le plus souvent, nous communiquions par petits mots griffonnés sur des enveloppes ou des bouts de papier. J'en ai retrouvé une liasse dans les innombrables affaires qu'elle a abandonnées en partant définitivement. (Ce n'était même pas un signe d'indifférence : elle n'était attachée véritablement à rien, comme quelqu'un qui a toujours plusieurs logis ou qui peut refaire sa vie du jour au lendemain ; elle avait d'ailleurs laissé aussi des photos ou des bijoux de prix.) C'étaient des griffonnages du genre : « Petite Læ, n'oublie pas le rendez-vous de ce soir 20 h au Hangar » ou « Éric chéri, je sors, je rentrerai vers 17 h 30 ». Pour ce qui est du sentiment, cela allait, en ce qui la concerne, de « Bonne nuit, à demain, ta petite Læ qui t'aime pour toujours » à « Tu as oublié de me laisser de l'argent pour le coiffeur ».

C'est pratiquement tout ce qui me reste d'elle aujourd'hui. Même plus de photos. Au début, elle me les avait totalement interdites. Puis elle y avait consenti, parfois avec un zèle subit, avec une sorte

47

de rage dans l'impudeur, mais c'étaient des photos d'elle seule. Il avait fallu le hasard d'une soirée à Rome, où elle était heureuse et conciliante, et la rencontre de mon ami Pierre, photographe résidant à la villa Médicis, pour que nous figurions enfin sur le même cliché, pris au crépuscule devant l'un des lions de l'escalier du jardin. Hélas, cette photo même eut un destin fragile. Elle la réclama un jour avec brusquerie et la déchira devant moi. J'en étais à conserver fétichistement une enveloppe où, par hasard, parce qu'un employé paresseux n'avait voulu faire qu'une suscription pour l'envoi de deux cartes d'invitation à la même adresse, nos deux noms étaient écrits côte à côte. Je n'ai même plus cette enveloppe et, parfois, je me dis que si l'on me demandait un jour des preuves de cette liaison qui a été la plus grande affaire de ma vie, je n'en trouverais probablement aucune. Les disparitions sont plus affreuses d'être sans traces. Ainsi avait-elle dû préméditer la sienne. Je reconnais bien là sa cruauté. Comme si j'avais tout rêvé. Parfois, il m'en vient un désespoir à mourir.

Pour communiquer, Lætitia préférait a tout le visiophone — on en expérimentait alors à Biarritz. Elle pouvait y faire ces sourires craquants, battements de paupières et autres câlineries du visage qui mettaient à ses pieds en un tournemain les plus remontés contre elle. Elle ne dédaignait pas non plus des exhibitions plus complètes, en particulier certains jours où elle était subitement d'une gaieté que je ne peux qualifier que de « folle » ou plutôt de « sauvage », car elle était alors comme une enfant qu'on ne tient plus. Aussi, le jour même ou elle vint dans le champ de la caméra se frotter nue contre moi, alors que je conversais pour affaires avec le directeur adjoint du Centre national de la cinématographie de passage à Anglet, je décidai de mettre fin à l'abonnement et nous nous contentâmes dorénavant du téléphone.

Là, elle était également plus que vaillante, une vraie *téléphonomane*. Je devrais même la qualifier, plus simplement et plus largement, de « télémane », car, à l'exception, comme j'ai dit, de la télécopie (et encore ! elle aimait envoyer sa photo par fax ; elle n'avait de réticence que pour l'écriture), elle était friande de toutes les innombrables machines de notre « ère de la communication ». Probablement pourquoi nous communiquions si peu. Ces machines étant faites pour qu'on se sente perpétuellement ailleurs — et perdre jusqu'à l'idée qu'il y a un ici singulier, différent, précieux, à préserver : c'est la condition de la fameuse « mondialisation » —, tout en *glandant* chez moi en chômeuse de luxe, elle était constamment ailleurs, à Miami ou Rio, par téléfilm interposé, ou simplement à Clamart, Montparnasse ou Hambourg, quand elle téléphonait à ses copines. Elle aimait garder près d'elle le combiné portatif quand elle sortait dans le jardin de l'immeuble, mais, à peine était-elle rentrée, cela continuait : bien calée dans le fauteuil de mon bureau (où je n'aimais pas qu'elle vînt : elle déplaçait mes papiers, faisait des scribouillages sur mes scénarios ; mais il n'y avait rien à faire, elle était comme une chatte qui n'aimait rien tant que l'endroit d'où on la chasse), elle entreprenait des conversations qui duraient des heures avec des gens que je ne connaissais pas. Du moins au début, car je finis, hélas ! par en connaître quelques-uns.

VI

Ce matin, sorti tôt acheter le journal avenue Édouard-VII, puis ne me décidant pas à rentrer, errant aux alentours, je me retrouve presque machinalement dans le hall du casino de Biarritz. Par les grandes baies vitrées qui donnent sur la plage, on peut déjà voir, dans l'eau, mainte baigneuse. Et soudain, je frissonne : vient d'apparaître, sur la gauche, le corps à la fois sombre et éclatant d'une jeune femme noire — pas tout à fait noire : brun foncé — qui me rappelle...

Désir. Je sors, descends en hâte le petit raidillon qui longe la Maison de la presse, puis l'alternance de marches et de bitume pentu de la rue Gardères, jusqu'au « quai » de la Grande Plage. J'ai pris pour repère le drapeau des baignades, orange, aujourd'hui. Hélas ! les corps allongés et les parasols ont beau n'être pas encore nombreux — rien à voir avec l'espèce de barbecue qu'est cette plage en août —, aucune peau brun foncé. Par contre, d'autres beaux corps fort attendrissants (c'est une litote). Je n'ai pas mon maillot, n'irai donc pas m'installer sur le sable. Je me contente du bord en ciment de la promenade, assis pieds ballants tout près de surfeurs et surfeuses affairés à leur planche, puis de la promenade elle-même avec ses dalles lisses où j'essaie de déambuler le plus naturellement possible. Mais comment être « naturel » en pareille compagnie ? Les plages sont le lieu de tous les supplices, particulièrement celle-ci, je l'ai toujours pensé, je le pensais même quand je vivais avec Læ et que j'avais mon content de plaisir. Plus peut-être que les plages de nudistes. Car les maillots, les soutiens-gorge sont l'occasion de tortures plus diaboliques encore que la nudité : ces étoffes spéciales, moulantes, que l'eau rend parfois transparentes, valent bien les feuilles de vigne dont la papauté pourvoyait jadis les statues de Praxitèle ou de Michel-Ange, soulignant plus qu'elles ne cachent. L'émotion que l'on avait, il y a quelques années, à voir dans je ne sais plus quel *James Bond*, l'actrice Ursula Andress sortir de l'eau tout habillée (c'est-à-dire moulée, dans les moindres recoins de sa sublime anatomie, par les plis mouillés de sa robe inutile) est, sur les plages, le lot de tout un chacun à chaque instant.

Je ne sais pourquoi j'ai dit « diaboliques ». Le diable n'y est assurément pour rien. Ce sont là plutôt les tours de la beauté. Simple et profane beauté, cependant brûlante et blessante comme la plus cruelle des farces divines. Misérable petite grâce profane, qui nous frappe cent fois, mille fois dans notre vie comme autant de piqûres d'abeille ou de serpent. Quel antidote, hormis la vieillesse ? On se promenait, on était tranquille : stop ! finie, cette tranquillité, cette liberté. Notre être entier est *pris*, nos jambes sont paralysées ou seulement bonnes à tirer, comme des folles, notre carcasse vers son leurre. On regardait pacifiquement tout ? Fini ! c'est la guerre. On était myope, distrait — le monde, les corps nous apparaissaient à peine, dans l'aimable flou de l'indifférence ? Stop ! l'un se détache, surgit, grandit comme un génie des *Mille et Une Nuits,* clair, lumineux, *en gloire*, avec une netteté prodigieuse d'apparition.

Encore, si c'était vraiment une apparition, bonne Vierge ou déesse ! Quand Pallas Athènè apparaît à Achille, dans l'*Iliade* — debout derrière lui, visible de lui seul, lui tirant familièrement les cheveux —, il la reconnaît sur-le-champ. Il n'est ni « frappé », ni « interdit » : aucun de ces mots brutaux ne convient. La déesse est avec lui de plain-pied, dans une proximité bienfaisante. Dieux si humains aux côtés d'humains déjà divins ! Époque, ô Musset, « *où le ciel sur la terre / Marchait et respirait dans un peuple de dieux* ». Au contraire, la beauté surprend comme une foudre nocive. Le cœur bat soudain si fort qu'il fait mal. Aucun apaisement ensuite, le malheur commence. Les dieux d'Homère descendaient doucement vers nous avec des masques d'hommes et pour nous aider : la beauté humaine, avec le harnachement terrifiant des dieux, surgit pour se jouer de nous. Avec son éclat trop fort pour nos pupilles, elle approche de nous l'image de ce que nous ne serons jamais, et même de ce que nous n'aurons jamais. Car *avoir* consolerait au moins de n'*être* pas. Mais non, on n'acquiert pas plus un beau corps, serait-on Zeus, Crésus ou Gilles de Rais, qu'on n'attrape un oiseau avec du sel. Toujours, il nous échappe. Beauté, autre nom de l'impossible, jamais plus lointaine que lorsqu'elle s'approche, jamais plus proche (mais comme une soif, un virus, une plaie) que lorsqu'elle s'éloigne.

Voilà pourquoi la beauté humaine n'a rien à voir avec les autres choses belles. Elle n'apparaît pas dans la simple douceur, comme les petits plaisirs de l'enfance — ces tranquilles familiarités avec le monde qui sont la forme fruste et le fondement de ce que nous appelons plus tard « expérience esthétique » : un mets délicieux et sucré, la couleur grenat d'une assiette, une pomme luisante, des framboises, un grand arbre ajouré de soleil, un cheval blanc au galop, la mer, un cantique entendu dans une cathédrale, un dessin bien coloré... Elle apparaît dans la crainte et le tremblement, comme Dieu. Puisque aussi bien elle nous tient lieu de

Lui, cruelle et injuste comme Lui, nous signifiant notre incomplétude et nous punissant à l'avance de fautes que nous ne commettrons peut-être jamais. Non, pas comme Dieu qui, s'il existait, aimerait et protégerait : comme une Joconde vénéneuse, initiatrice de tous les périls.

Allons, je perds le sens de la mesure ! Beauté d'adrénaline et de givre, avec ton cortège de revolvers et de poudre blanche, entraîneuse des grands bals du mystère, au moins tu nous laisses partir à la fin de la danse. Tu ne nous saisis pas la main pour toujours comme le Commandeur celle de Don Juan. L'expérience de la beauté n'est que la forme douce, simplement commençante, d'une épreuve plus redoutable que nous ne faisons qu'entrevoir et où il en irait de notre vie. L'angélique Tadzio désignant le large à la fin de *La Mort à Venise* n'est pas l'image de la mort, mais seulement de l'égarement. *Ché la diritta via era smarrita...* Car la droite voie était perdue. Va, nous dit la beauté, quitte tout, mais elle ne nous dit pas où elle nous conduit. Conduit-elle, d'ailleurs ? Même pas. Elle indique. Venin délicieux, venin véniel. Pouvant donner le plaisant frisson de l'esthétisme sans nécessairement mener à l'aggravation maléfique de l'amour.

Tandis que je note ces balivernes, un choc : devant moi, sur l'escalier qui conduit du sable au casino, s'avance la beauté brune, sans doute antillaise, de tout à l'heure. Je la vois enfin de près —

autant qu'on puisse voir quand le cœur bat à tout rompre : pour la peau et les cheveux, c'est Lætitia, mais, quoique plus jeune, les seins un peu affaissés et quelque chose dans le visage — une dissymétrie, les lèvres trop grosses, je ne saurais dire — qui m'apaise. Oui, car c'est un apaisement, toujours, d'apercevoir dans un être des raisons de ne pas l'aimer. Voilà (je reprends mes balivernes !) ce qui rend notre regard sur la beauté si avide et si exorbité. Ces imperfections nous délivrent du sortilège. Nous les cherchons comme un baume. Heureux Rousseau qui trouva un téton borgne à la belle putain vénitienne qui l'ensorcelait ! Ou bien ce sont ces photos qui nous font soudain voir le mauvais profil d'un séraphin ou d'une nymphe : antiphotogénie salvatrice. Multiplier les points de vue est, en effet, la meilleure solution : elle rompt la fascination de l'unique. Ce n'est plus une image — icône à deux dimensions, épiphanie immobile et plane — qu'on a devant les yeux, mais la triste réalité humaine avec ses trois dimensions, où une apparence chasse l'autre, amoindrit l'autre. Oui, revenir à la réalité : sinon à la réalité humaine, donc imparfaite, du beau corps, du moins à la réalité, au poids de la réalité *entre* le beau corps et nous, à tout ce hérissement d'obstacles protecteurs (à trois, voire à quatre dimensions !) entre ce qui nous brûle et notre peau, revenir à tout cet entour de famille, d'amis, d'habitudes, d'occupations (au sens le plus fort et le plus littéral du mot), à ce passé ancien ou récent, à ce futur, aussi, à ces projets, ces engagements, à toute cette pesanteur en nous, à tout ce *figement* dont nous sommes faits, qui nous tient comme le plâtre tient la jambe cassée et encore fragile, revenir à tout ce qu'il y a de solidifié, sinon de solide, en nous, qui freine notre disponibilité, à tout ce dont nous entourons et momifions notre liberté pour en brider les foucades, pour éviter qu'elle ne soit synonyme d'aventure et de risque mortel. Comme parade, il y a aussi — n'est-ce pas, les petits chats ? — le souvenir de l'eau bouillante qui fait se méfier de la moindre goutte. Comme dirait Freud : le principe de réalité.

(La belle Antillaise est à présent à trois mètres de moi, en conversation avec un quadragénaire en short beige ; tout en lui parlant et en l'écoutant, elle se caresse, sans vraiment s'en rendre compte, l'aréole du sein gauche : belle aréole couleur de chocolat au lait, mais trop gros sein, décidément.)

Hélas, la peur du risque peut bien souffler des ruses, du genre « Ils sont trop verts, dit-il, et bons pour des goujats » : ne pouvant, comme disait Sartre, changer le monde (où telle beauté m'échappe), je peux vouloir changer mes rapports au monde (feindre l'indifférence). Ces ruses font long feu. Elles apportent plus de souffrance encore. La beauté est inévitable. S'il s'agit bien d'elle, aucun maquignonnage affectif n'est possible. Elle me renvoie sans cesse à mon désir et à mon effroi. Je ne peux m'en déprendre que si je suis réellement dépris. Il ne faudrait qu'un peu d'air, du recul, comme lorsque, prêt à se ruiner pour un objet — manteau, voiture ou bibelot — qui paraît tout ce qu'il y a d'épatant, on fait l'effort de ne pas l'acheter tout de suite et on décide de revenir le voir *à tête reposée*. Mais il n'y a pas d'air, pas de recul, on a la tête sous l'eau. Il faut sur-le-champ entamer ce travail de séparation, qui consiste à repasser fébrilement de l'œil chacun des profils, chacune des parties du beau corps (ce côté boucherie !), d'abord pour le tenir un peu à distance, recenser, mesurer exactement l'étendue du désastre, puis, une fois trouvé le talon — ou la joue, la cuisse, le dos — de cet Achille ou de cette Hélène, pour s'en détacher.

(Quelquefois, aucune imperfection physique. Ce qui permettra le détachement sera une inflexion de voix vulgaire, un accent plouc, une sottise : les grandes beautés devraient rester muettes ! Et si la beauté parle bien, n'est pas gourde, est même piquante ? Alors, bonjour détresse !)

La détresse, au fond, n'est pas moins grande dans l'autre sens — ce qu'on éprouve quand on a la chance d'être beau. J'ai souvent expliqué — excusé — le comportement de Lætitia par sa beauté. La beauté, ce fardeau. Comment dit Jouve ? « La beauté c'est une autre misère que l'on porte. » On la connaît dans l'œil des étrangers. Cette faille, soudain, en eux. Au début, incompréhensible. On vous doit un reproche, un refus et, à la place, c'est : « Bon, oui, très bien ! » L'autre, soudain, ne faisant plus son métier d'autre, perdant sa dureté étrangère, s'évanouissant comme dans ces rêveries où l'on a le pouvoir de faire disparaître d'un regard ou d'un geste les êtres et les obstacles. La beauté, c'est cet effondrement, ce vide autour de soi, comme si on entrait dans une ville de ouate et de nuages, avec un passe-droit perpétuel, cette façon de n'être jamais traité comme un véritable humain imparfait et répréhensible, d'être exonéré, exonéré à vie. On se retrouve bientôt seul dans ces limbes. Comment n'en viendrait-il pas de la suffisance, de la cruauté, même ? C'est si commode ! On s'habitue et on en abuse. (Cette dégoûtation aussi à servir de fantasme, à être dans l'autre, à sa merci, sans l'avoir voulu, sans y rien pouvoir — l'envie que cela donne de se venger, ne serait-ce qu'en *en profitant* ! Quelquefois, également — seul revers de la médaille —, ces volées de haine, cette jalousie qu'on suscite. Mais cela fait sourire ou ricaner un peu plus, voilà tout.) Les plus faibles ne s'en remettent pas, c'est Dorian Gray : pourrissement intime accéléré. Tout cède, toutes les barrières s'ouvrent, précocité fatale, on se retrouve à vingt ans au bout de toutes les expériences, arrêté

par rien, aux sommets de l'État ou de la déchéance.
Quel gâchis !

Quand je relève le nez de mon cahier, l'ex-
beauté brune a disparu. Je rentre : d'autres pourraient surgir — d'autres fantômes de Læ — et je
n'ai plus la force.

VII

— *L, A, E dans l'A... T, I, T, I, A !...*

Parfois, dans les moments d'euphorie, je lui chantonnais la chanson de Gainsbourg. Cela lui plaisait bien, elle avait tous ses disques, c'était le seul chanteur un peu « ancien » qu'elle aimait.

VIII

Elle a provoqué en moi des changements profonds. J'ai souvent aimé, par elle, en elle, ce qui me répugnait ailleurs. Par exemple, je n'aimais pas les odeurs des autres. Même les odeurs sexuelles ne m'attiraient pas. J'obligeais, je me souviens, quand j'étais étudiant, une petite Niçoise brune qui était tout ce qu'il y a de ravissant et de délicat, mais qui battait, quand elle *mouillait*, des records de rapidité odoriférante, à s'éponger sans cesse. Docile, elle avait préposé une serviette à cet usage. (Elle battait aussi des records sonores. Pour couvrir ses « aaaah ! » je mettais un enregistrement de *L'Arlésienne* à plein volume : c'est ce que j'avais trouvé de plus niçois.) Pour Lætitia, c'était différent. J'ai tout de suite adoré la légère senteur de chicorée de sa peau — peut-être parce que c'était une senteur sèche, l'*essence* même de son épiderme de métisse, rien qui vienne des sécrétions accidentelles du corps, sueur ou autres. Elle était d'une propreté rayonnante, et, peut-être pour l'avoir rencontrée au bord de la mer, pour toutes les plages, aussi, où elle m'entraîna par la suite, si j'avais dû la classer dans un panthéon, j'en aurais fait volontiers une divinité de l'eau.

Cependant, même à Paris, dans les deux appartements où nous avons successivement vécu, quand elle me criait qu'elle avait une chose urgente à me dire alors qu'elle était aux toilettes, dont elle avait la manie de laisser dans de tels moments la porte ouverte, car elle s'y ennuyait et, comme d'autres aiment à y lire, aimait à y faire la conversation, quand elle m'imposait donc, avec, je crois, un certain plaisir pervers, les exhalaisons ou les bruits de ses évacuations intimes, s'il advenait, souvent, que je referme la porte avec humeur, j'arrivais aussi, quand elle insistait, à prendre sur moi et à oublier l'aura tristement fangeuse dont s'entourait un instant devant moi son beau corps nu. Car elle chiait nue. Elle était — et se trouvait — tellement *naturelle* que tout ce qui pouvait arriver à son corps, *cela* compris, lui paraissait aller de soi, sain, digne d'être montré. *Elle n'avait aucune pudeur.* (À peine écrite, cette formule m'apparaît, dans tous les sens qu'elle peut avoir, comme celle qui la résumerait le mieux.) À ma propre surprise, ma tolérance et même mon attendrissement étaient allés, sur ce point, jusqu'à des formes corsées de fétichisme. J'avais déjà d'elle, comme d'une ou deux

63

précédentes petites amies, des boucles de cheveux, et même une petite natte entière, qu'elle m'avait laissé couper un jour de grande gaieté : mais j'eus aussi, un moment, au fond d'une poche, dans un mouchoir — à son insu, cette fois — un de ses tampons périodiques. Le sang en était séché, mais avait encore je ne sais quel empyreume. Je finis par le jeter avec horreur, comme un qui se réveille d'un moment de somnambulisme ou de distraction, mais plusieurs jours durant, j'avais été très près des extrémités impossibles de l'amour qui seraient de traiter le corps de l'autre absolument comme le sien propre et d'en aimer jusqu'aux remugles et aux déjections. Certains saints ou de plus amoureux encore ont su y atteindre. Le genre baiser au lépreux. Peut-être y serais-je parvenu si Lætitia avait été un jour malade ou blessée. Mais elle ne me donna jamais ce plaisir.

Crise de foie, bras cassé, grippe ou pire : le plaisir vient alors de ce qu'on a l'autre à sa merci. On peut enfin être prodigue de cette (quelquefois étouffante, effrayante) affection qu'on lui vouait depuis longtemps en vain. C'est-à-dire qu'on peut désormais l'investir. Si l'utopie secrète de l'amour est la fusion de deux êtres, c'est-à-dire l'entrée réciproque dans le corps de l'autre, c'est un début prometteur. Sur un mode mineur — et qui, seul, réhabilite un petit peu pour moi les odeurs corporelles —, il y a, certes, quand on se réveille près du

64

visage aimé, le plaisir qu'on peut prendre à ses mystérieux effluves. C'est une invisible partie de lui qui s'offre à nous. Même Lætitia avait parfois ce trouble parfum matinal à la bouche. Ainsi nos premiers baisers scellaient entre nous une connivence pour ainsi dire physiologique. L'échange des sangs, avant l'ère du sida, en était un exemple plus solennel et plus parfait.

Le plus délicieux reste cependant, j'y reviens, l'accès à l'autre que nous permet la maladie. On s'en prend d'abord à son appartement (pour faire le ménage, les courses, les repas) — l'appartement étant ici non seulement le réceptacle de son corps affaibli, mais presque son substitut. Puis, par les cuillers de sirop qu'on lui fait prendre, le gant de toilette qu'on passe en ses coins et recoins, éventuellement même par quelque thermomètre, on l'investit de moins en moins métonymiquement et de plus en plus littéralement. On manipule son corps, on le régit. On se prend même à rêver d'un Anschluss généralisé : à l'instar du virus ou du microbe, on voudrait pénétrer en lui, l'*occuper*, jusqu'à, peut-être, limite encore plus lointaine et, hélas ! plus improbable, *être lui*.

Si j'avais pu vivre plusieurs jours au contact des règles de Lætitia, c'est que tout ce qui touchait à son con m'était cher. J'ai quelque réticence à parler ainsi de l'être que j'ai le plus aimé de ma vie, et d'un amour élevé, presque plus spirituel que physique. À quoi bon pourtant se voiler la face ? Tout autant que *L'Origine du monde,* Courbet aurait pu intituler *L'Origine du bonheur* la peinture, faite pour un émir et acquise entre autres par Jacques Lacan, qu'il fit en gros plan d'un sexe féminin. Tout en vient, tout y va. Celui de Læ était magnifique, à la fois ferme et tendre, ni étroit ni relâché, il avait l'élasticité rose des petits calamars et une fraîcheur moite d'œillet. La force de la passion m'aurait rendu insensible, en lui, à un goût trop fort, à une onctuosité trop grande, à ces odeurs qui me débectaient chez les autres. Mais je n'avais guère à m'efforcer, il n'avait pour ainsi dire qu'un goût de muqueuse propre et tiède, celui d'une bouche sans haleine ni défaut, et je lui donnais sans réserve les baisers les plus profonds. Elle l'appelait « ma tulipe » ou mon « tututte », et moi « ton bouton de rose », « ton cyclamen », « ta chiffonnette », « tes coraux », « ta chattemite », « Amandine », « madame Butterfly » (Elle : « Pour ça oui, c'est un sacré papillon ! ») ou même, et je serais bien en peine de dire pourquoi, « la Reine des Alpes ».

Ce dégoût pour les senteurs intimes est un mystère. Sans doute s'explique-t-il par l'évolution générale des conditions de vie, de moins en moins rustiques, de plus en plus hygiéniques et aseptisées, qui m'a rendu, comme la plupart de mes contemporains, réticent dès l'enfance au charme des sueurs et des pets. C'est aussi que ces relents symbolisent trop bien la vie de couple, ce laisser-aller, ce côté « passe-moi mes colères, je te passerai tes odeurs », ces horreurs de l'intimité quand l'amour ne la transmue plus. Et même, peut-être, quand il la transmue encore. Penser à Radamès et Aïda — enterrés vivants — dans le tombeau final : le moment où l'un des deux commence à puer de la gueule. Or Læ et moi n'avons jamais vraiment formé un couple. C'est peut-être ce qui a si longtemps préservé notre amour, le mien du moins.

IX

Elle n'aimait pas que *je* me fasse remarquer. Parce que j'avais à peine douze ans de plus qu'elle, c'était parfois comme si j'étais son père ou pire, un de ces proches dont on a honte : j'avais intérêt à me tenir à carreau, à ne forcer ni sur les tenues sérieuses, ni sur le *look* trop jeune. Elle, par contre, avec assez d'inconséquence, était capable, comme j'ai dit, même quand elle n'avait pas bu (elle buvait d'ailleurs rarement — mais quand elle avait bu, c'était démoniaque), de ces accès d'exubérance folle où rien ne l'arrêtait : elle pouvait alors héler quelqu'un à vingt mètres, siffler dans ses doigts, crier des obscénités ou des injures contre elle-même, se déshabiller, embrasser le premier venu sur la bouche, bref, scandaliser, moi le premier, et j'étais alors à sa merci, prêt à tout pour qu'elle cesse. Quelqu'un faisait particulièrement les frais de ces éruptions, c'était notre voisine du dessous, une vieille Anglaise très sympathique, courtoise et discrète, que je m'en serais voulu de chagriner le moins du monde. Or, à peine arrivions-nous à hauteur de son palier, Lætitia, quand elle était de cette humeur, entreprenait, entre deux rires violents, de me faire des déclarations d'amour très crues, s'arrangeant pour prononcer, d'une voix très forte, le plus de « bite », « bande », « chatte », « mouille », « suce », « cul », qu'elle pouvait (elle avait aussi des inventions dont je ne me souviens plus très bien, « morilles » pour « testicules », « meringue » pour « vulve », entre autres), et surtout, elle joignait le geste à la parole, me sautant dessus avec une force insoupçonnée, me mettant la main à de certains endroits, au point qu'entre les rires nerveux (et douloureux) que provoquaient en moi les chatouilles, les « chut ! » que je tentais de lui opposer, les efforts que je faisais pour la maîtriser et l'attirer en même temps très vite à notre étage (elle se mettait alors à faire la souche, pesant des tonnes, se donnant à porter comme une belle évanouie), je me retrouvais empourpré et paralysé et, quelquefois, pour la plus grande joie de Læ, nos corps emmêlés venaient heurter violemment la porte de Mrs Croydon, même en pleine nuit, au risque de la réveiller et de la voir paraître, effarée, en chemise de nuit — ce qu'elle ne fit jamais, Dieu merci, par discrétion ou par surdité, accroissant du coup jusqu'à l'exorbitant le capital de reconnaissance confuse que je lui vouais depuis toujours.

Aussi, certains jours, dans cet escalier, dans la rue ou même au restaurant, guettant avec appréhension les signes avant-coureurs de ces explosions de vie sauvage, me faisais-je avec elle l'effet du docteur Frankenstein au moment où sa créature lui échappe.

En fait, rien ne lui plaisait tant que de s'en prendre à ce qu'elle appelait mon côté « gueulbé » (bégueule, en verlan), ou, plus curieusement, car je n'ai jamais, ni personne dans ma famille, embrassé cette belle religion, mon côté « protestant ». Sans doute me confondait-elle avec un de ses autres amants et pensait-elle que tous les protestants sont puritains. En tout cas, bien qu'elle me choquât quand même beaucoup moins qu'elle le croyait — mais cela l'amusait tant ! c'est une des rares occasions où elle paraissait soudain une enfant, je ne l'aurais détrompée pour rien au monde —, elle prenait *un pied de bronze*, selon ses propres termes, non seulement à prononcer à haute voix et en public certains mots, comme je viens de le rapporter, ce qui, au bout d'un certain temps, ne me faisait plus grand effet, mais surtout à manifester de la façon la plus précise et la plus crue son désir à mon égard ou à l'égard de jeunes passants, ce qui m'était beaucoup moins indifférent.

Mais non, ce qui me faisait mal, parfois jusqu'à l'effroi, c'était simplement d'être avec elle, elle si radieusement belle, hélas ! si convoitée, moi si peu digne (pensais-je) d'un tel privilège. Quand vint le temps des bilans et *qu'en toute objectivité* (je plaisante, évidemment : en amour n'existe au mieux qu'une subjectivité généreuse) je cherchai ce qui pouvait, sur l'autre plateau de la balance, compenser un peu tout le mal et toutes les déceptions qu'elle me donnait, toutes les couleuvres qu'elle me faisait avaler, tout le *noir* de notre liaison, je trouvai surtout, outre le plaisir sexuel, cette fleur incarnadine : sa beauté — la faveur, le luxe, le don incroyable que c'était, digne des cadeaux des fées ou des génies des *Mille et Une Nuits.* Et que ce soit moi qui aie reçu cette grâce en partage : cette chance inouïe de l'avoir rencontrée et d'avoir été accepté d'elle, de vivre avec elle, d'être *celui qui marche à ses côtés.*

Jamais je n'éprouvai cette grâce confondante autant qu'un certain soir d'octobre. Dans un cocktail où j'essayais mollement d'oublier son absence — elle était partie pour plusieurs jours chez une amie de Tours —, mon attention qui flottait fut tout à coup happée par un regard. C'était celui d'une Antillaise à la peau claire, à la taille incroyablement fine, au visage grave et radieux rehaussé d'une coiffure à la dernière mode — les cheveux séparés à la diable en petites mèches que le gel figeait en touffes d'herbes sauvages. Et cette jeune femme se mit à me sourire et à s'approcher. Et je la reconnus soudain : c'était Lætitia ! Elle était encore plus belle et plus jeune que dans mon souvenir pourtant tout frais, plus belle qu'elle ne l'avait jamais été. Elle avait avancé son retour et voulait me faire la surprise.

Je me sentais auprès d'elle autant serviteur ou chaperon qu'amant. J'avais, sans doute comme tous les hommes qui sortent avec des mannequins ou des vedettes de cinéma, l'impression que tous les mâles de la planète, à commencer par mes amis, devaient m'envier une telle fréquentation. Il m'en venait, en même temps que de la fierté ou l'impression de privilège indu que je viens de dire, une inquiétude et je ne sais quel flottant début de jalousie. J'avais probablement tort. Nos amis ont à l'égard de nos amantes exactement l'attitude que nous avons à l'égard des leurs : nous sommes le plus souvent indifférents à leurs charmes, ne comprenant pas *ce qu'ils leur trouvent.* L'amitié fait que nous sommes contents pour eux, rien de plus. Au mieux, nous les envions un peu. Mais comme la loyauté nous empêche de rien tenter pour les supplanter, nous nous efforçons de chasser de nous tout désir, gardant au plus, dans un coin sombre de notre conscience, cette petite susurration du démon : si un jour, il n'en voulait plus, ma foi...

Quant aux autres femmes, il ne faut pas s'attendre à plus d'objectivité de leur part. L'une de mes amies, Laura, sur laquelle je n'avais plus guère de visées, quoiqu'elle ait gardé, malgré son âge, un certain attrait, me surprit beaucoup un jour en prenant un air incrédule tandis que je lui confiais mes craintes. Je lui parlais du nombre incroyable de regards, voire d'œillades, que Læ pouvait s'attirer dans la rue, même à mon bras, tentant beaucoup plus de la lui faire plaindre que de me faire mousser. Et elle, non seulement ne la plaignit pas, mais, apparemment vexée que j'aie pu introduire entre Læ et les autres femmes — donc elle — une telle différence de nature, eut un petit rictus pour laisser entendre qu'il n'y avait là rien d'exceptionnel, qu'elle connaissait cela, que *cela leur arrivait à toutes*.

C'est à croire qu'il n'y a pas d'objectivité de la beauté. Et pourtant, quand j'étais dans le métro ou au café avec Læ, que je sentais, oui, tous ces regards, ces retournements de tête, ces chuchotis dont elle était la cause, comme il était clair — clair comme le feu — qu'il y en a une !

Dans ce qui la distinguait pour moi de toutes les autres, dès la nuit où je fis sa rencontre, je le redirai plus loin, il n'y eut pas que sa beauté. La beauté, la beauté *sans plus*, suscite l'admiration mais pas l'amour. L'amour a besoin de relief. Elle avait ce relief, cette incroyable vitalité. Dès le début, je fus séduit par l'aura, le brio, les tournures recherchées en même temps que la légèreté ludique qu'elle mettait dans ses reparties : quand on était en face d'elle et qu'elle était de belle humeur, c'était un feu d'artifice, de la crème fouettée, du mimosa et des primevères — à la fois la cour de Versailles et la prise de la Bastille !

Avant même son arrivée chez moi — le lendemain de mon retour à Paris, plus tôt que prévu, avec deux grands sacs, c'était tout son bien —, j'avais appréhendé notre cohabitation. Trop, peut-être, ce ne fut pas si triste, la promiscuité a des charmes. En fait, ce n'était ni elle ni moi qui faisions problème, mais la difficulté pour chacun de recevoir ses amis sans en embarrasser l'autre. Je m'efforçais de faire face aux siens en étant le plus souriant, le plus détendu que je pouvais ; elle, au contraire, ne faisait aucun effort, partait dès qu'arrivaient les miens, auxquels je brûlais pourtant souvent de la présenter, quelquefois sans même dire au revoir. Très vite, j'eus donc des rêves de déménagement. Je voyais avec une netteté impressionnante ce qu'il nous fallait : un grand *loft* tout blanc à l'américaine, un de ces hangars de La Villette et de Pantin où beaucoup d'artistes s'installaient dans les années quatre-vingt, avec une immense pièce centrale bordée de chaque côté par deux séries de pièces fermées et insonores (je précise cela à cause d'elle, car elle aimait faire beugler le téléviseur ou la stéréo), où chacun pût se retirer à sa convenance, seul ou en compagnie. Et le lit, le grand lit d'amour, en terrain neutre.

Mon zèle, ou plutôt le peu d'énergie que me laissait chaque jour cette amour difficile, ne me conduisit pas au-delà de l'achat de deux ou trois *Figaro*, pourtant soigneusement cochés en leur rubrique immobilière, et à la visite d'une espèce de grange suintante et lézardée, où le vent s'engouffrait à bise que veux-tu, dans une ruelle de Malakoff. D'ailleurs, au bout de trois mois, le problème ne se posait plus : Lætitia avait disparu.

X

« Je suis comme les chats, m'avait-elle dit un jour. Quand ça va, je pars. Je reviens quand ça ne va pas, quand j'ai faim ou sommeil. » C'était dit dans un moment de grande tendresse et de confiance réciproque, au lit ou au restaurant, un de ces moments où il y a assez de jeu et de sourire dans les mots des amants pour qu'ils ne les prennent pas au sérieux, alors que c'est en réalité le seul moment peut-être où ils disent la vérité. Plus tard, dans le désarroi du délaissement, j'avais cru y lire rétrospectivement du cynisme. Sans doute à tort, elle n'était pas si rouée. Simplement, elle se connaissait, elle savait que cela arriverait un jour ou l'autre, elle m'avertissait doucement sans que je m'en doute.

D'ailleurs, elle m'y avait préparé à sa manière, multipliant dans les derniers temps les retards et les lapins : retards pouvant atteindre les trois quarts d'heure (on juge si c'est agréable, au restaurant !), lapins d'une nuit ou deux. Quand, le lendemain d'un samedi où elle m'avait dit « à demain ! », je m'étais retrouvé seul, je n'avais donc d'abord pas été trop meurtri. Ce dimanche-là avait pourtant été interminable et maussade. Trois jours après, vaguement inquiet, j'avais appelé sa mère : « Elle vient de sortir », m'avait répondu celle-ci. Je réalisais ainsi du même coup qu'elle m'avait quitté et qu'elle habitait de nouveau dans sa famille — donc, au moins, pas chez *un autre* : ceci compensait, *apaisait* cela. Par ailleurs, le fait que je sache (ou croie savoir) où elle résidait, à portée de téléphone (si le besoin de lui parler se faisait trop pressant), rendait très relative cette séparation : c'était moins un départ qu'un éloignement. Et si je me répétais intérieurement que c'était fini, comme on rabâche une thèse officielle pour tenter de s'en convaincre, mon subconscient ou plutôt, ne jouons pas, mon moi conscient, à un niveau simplement plus enfoui de lui-même, n'était pas dupe, était même guilleret, car persuadé du contraire. Ainsi étais-je triste, sans plus, tièdement triste, ne souffrant guère, capable, tantôt de penser très sérieusement à lui réclamer les clefs de l'appartement, tantôt de laisser une certaine fierté piquée prendre en moi le dessus — et alors il n'était plus question de rien lui réclamer : il ne s'agissait que de lui signifier par mon silence que je pouvais fort bien me passer d'elle, de suggérer même, par cette indifférence affectée, que c'est à peine si je m'étais aperçu de son absence. Bref, une partie de bras de fer avait commencé et il ne fallait surtout pas céder. Tantôt, même, je recensais avec délice tout ce que je gagnais à cette rupture : le repos, au sens non seulement moral, mais physique, tout simplement physique du mot, la possibilité de revenir à moi (comme on dit après un évanouissement, mais dans le sens aussi d'un retour gourmand à mon intimité) et surtout, bon débarras, l'évaporation de la jalousie. Car la jalousie (pensais-je alors) n'est pas une fatalité, elle n'a prise sur nous et ne libère ses maléfices que si nous avons en quelque sorte préalablement accepté d'endosser, à propos d'un être, la responsabilité quasi juridique d'avoir à répondre constamment de lui auprès d'on ne sait quelle instance supérieure imaginaire et donc une sorte de devoir de surveillance. Que cette accablante responsabilité nous soit brusquement ôtée (comme j'imaginais naïvement que cela fût possible), et tout ce tremblement de police secrète et de suspicion devait disparaître comme par enchantement, ainsi que, dans les contes, aux premiers rayons du Soleil, les goules et ectoplasmes de la nuit.

J'en étais donc aux résolutions tranquilles (« l'énucléer de moi »), au train-train des analyses et des méditations (la fin d'un amour comme entraînement à la mort), à ces retournements affectifs qui sont le sel des passions finissantes (la mienne n'en était pourtant qu'à ses balbutiements). Après un excès de sévérité, c'était un excès d'indulgence. Car l'absence estompe d'abord les traits *désarmants* de l'aimée, tous ces détails attendrissants, quoique parfois objectivement insupportables, qui constituent sa séduction et qui, en sa présence, nous empêchaient de regimber. Libérées de cette pression qui les contenait, nos rancœurs ont un moment quartier libre. Puis elles s'épuisent : il devient trop patent qu'elles n'ont plus d'objet, elles sont comme des soldats qui s'entraîneraient dans leur caserne à un combat qu'ils n'auront jamais à livrer. Ce sont alors les défauts de l'aimée qui s'estompent et, de diablesse, la revoilà sainte.

Mais tout cela, résolutions, analyses, états d'âme, était comme en tapinois, lancinant, tempéré. Il fallait parfois les autres pour me rappeler son absence et ma tristesse. Par les gaffes des autres, en effet — qui, ne *sachant* pas, continuent à nous lier dans leurs interpellations et leurs projets, à nous inviter ensemble, à nous traiter comme les parties d'un tout inaltérable —, les amours déchirées, les amitiés rompues poursuivent longtemps une vie posthume, comme, selon la légende, les ongles ou les cheveux sur les cadavres.

Un événement avait eu raison de ces sentiments confortables. Il était survenu un soir où, sans trop penser à elle, je prenais un verre avec Donnard à la terrasse du Café de la Mairie, place Saint-Sulpice. Il était bien minuit passé. Et tout d'un coup, je m'y revois, la foudre : elle, elle passant, là-bas, radieuse, sans me voir, sans voir personne que celui qu'elle accompagnait. Elle portait une robe claire très élégante que je ne lui avais jamais vue et un ample collier de petites boules bleues — je me souviendrai longtemps de ce petit miroitement indigo sur ses seins. Elle avait une coiffure nouvelle — cheveux courts et gominés. L'homme qui était avec elle était au moins deux fois âgé comme elle, plus âgé aussi que moi, la quarantaine finissante et grisonnante. Ils avaient contourné la fontaine illuminée, tout près du bord, les papillotements de l'eau s'étaient un moment reflétés sur eux, elle laissait traîner sa main dans le bassin, lui jetait ou faisait mine de lui jeter un peu d'eau, ils riaient. C'est à ce moment-là que j'avais brusquement prié Donnard de m'excuser un instant et m'étais levé. Je voulais la rattraper, je ne savais pas trop bien pour quoi faire, me montrer, simplement, peut-être, et la regarder en silence, ou réclamer d'un ton sec mes clefs, ou crier, insulter l'autre et lui faire peur, ou la supplier, elle. Alors, ç'aurait été, dans cette nuit d'été si douce, sur le fond jaune et tremblant des cascades de Saint-Sulpice, un *remake* de la grande scène de *Rendez-vous*, le beau film de Téchiné qui m'avait tant frappé, où l'acteur Wadeck Stanczak

80

hurlait d'amour en pleurant, sous la pluie, près de cette fontaine ou d'une autre pareille (une des scènes les plus abondamment liquides du cinéma, il faut en convenir). Mais, le temps de me faufiler entre les chaises et les gens qui stationnaient près du café, de traverser la rue, où passaient encore à cette heure de nombreuses voitures, de traverser la place elle-même — j'avais eu beau courir comme un fou deux ou trois fois autour de la fontaine et de ses lions, bousculant des amoureux, risquant même de faire tomber une jeune touriste qui marchait pieds nus sur le rebord, je ne les voyais plus, ils avaient bel et bien disparu.

Quand j'étais revenu à la terrasse du café et m'étais rassis sans un mot, je devais être si blême — et même tremblant — que Donnard, que la commisération ou la simple attention à autrui n'étouffent pas d'ordinaire, m'avait demandé comment je me sentais. « Ce n'est rien », avais-je murmuré. Puis, pour la première fois de ma vie, peut-être (de ma vie d'adulte), j'avais été incapable de donner le change et d'articuler un seul autre mot. Je regardais droit devant moi vers la fontaine illuminée, et, en me tenant la tempe pour que Donnard n'en voie rien, je pleurais.

Les jours suivants avaient été lamentables. Si j'ai jamais pensé à me tuer, c'est dans cette période-là. Mais j'aurais été incapable des achats, des manipulations, des gestes indispensables à cette triste

besogne. J'étais brisé, vidé, cherchant perpétuellement refuge dans le sommeil, ce qui n'arrangeait
rien, car les rêves du matin — les plus longs, les
plus précis — me la ramenaient, elle, enfantine et
affectueuse. Bien entendu, comme toujours dans
ce cas-là, la machine à jalousie fonctionnait à plein
régime, avec un savoir-faire de romancier surdoué.
Je recomposais, à la lumière de l'apparition de
la place Saint-Sulpice, nos dernières journées
communes, remontais même loin en arrière : des
détails, des propos, auxquels je n'avais d'abord pas
prêté attention prenaient soudain un sens clair. Le
« vieux » auquel elle m'avait sacrifié ne pouvait être
que cet avocat d'affaires dont elle m'avait une fois
parlé et dont elle se flattait d'avoir plusieurs fois
repoussé les avances en ma faveur. Pardi, c'était
pour dîner chez lui qu'elle avait acheté ces deux
bouteilles de champagne rosé qu'un jour j'avais
trouvées dans le réfrigérateur et qui, une heure
après, elle sortie, n'y étaient plus ! Qui sait même
si, le soir où je venais de la revoir près de la fontaine, ils ne sortaient pas de ce restaurant que je lui
avais fait découvrir, rue des Canettes, et dont elle
avait, en partant, demandé la carte (« Mais je
l'ai ! » avais-je fait. Et elle, la fourrant tout de
même dans son sac : « On ne sait jamais ! ») ?
À la lumière de ces reconstructions, le sens de
son absence m'apparaissait changé : ce n'était plus
l'effet d'une passade, un lapin un peu prolongé,

mais une froide trahison. « Déçu », « amer », « tris- te », « dépité », voire « déconfit » : tous les mots dont j'avais pu me servir jusqu'ici dans mon for intérieur pour désigner ma situation et la manière dont je la vivais étaient désormais périmés. Même « ulcéré » n'aurait pas convenu, qui implique au moins quelque haut-le-corps ou haut-le-cœur, c'est-à-dire quelque indice de vie. J'étais *mortifié*, au sens le plus littéral et le plus fort, c'est-à-dire blessé à mort et réduit à rien. Car je n'étais plus rien pour elle, c'était trop clair. Dans les rares moments où un sursaut m'arrachait à l'abattement total, j'en concevais une sorte d'indignation douce, presque métaphysique : comment, me disais-je, un être normal peut-il s'extirper d'un autre aussi brus- quement, aussi radicalement, quand ils ont été aussi longtemps enchevêtrés, enracinés corps et âme l'un dans l'autre par le désir, le plaisir, le rire, les habitudes, les conversations, les amis et parents, les voyages, les souvenirs, les projets d'avenir ? Chacun est une partie de l'autre. Comment, à moins d'insensibilité monstrueuse, l'ablation de cette partie de soi-même serait-elle supportable ? Lætitia, en concluais-je, n'est pas affectivement normale. J'en étais presque à la plaindre.

Une fois, dans le demi-sommeil du matin, une phrase étrange m'était venue : « Ça meurt tout seul. » En même temps, je me voyais clairement en train d'étouffer quelqu'un ou quelque chose de vivant avec un oreiller et quelque chose me disait que ce qui mourait là métaphoriquement était notre amour. Pourtant, la voix obscure qui m'avait soufflé cette phrase avait tort. Ça ne mourait pas tout seul. C'était un travail, au sens où l'on nommait jadis « travail » la douleur des femmes en gésine, ou encore au sens où Freud parle de « travail du deuil » — ce dernier consistant à repasser un à un tous les souvenirs auxquels l'être aimé est associé pour l'en décoller, selon, dirait-on, l'ancien procédé de la décalcomanie, par lequel, pour séparer l'image de son support de fin papier, on doit mouiller et repasser, en appuyant fortement dessus avec le doigt ou un couteau, chaque millimètre carré de sa surface.

Le travail d'oubli auquel j'étais maintenant confronté était à la fois moins et plus terrible. Moins terrible, car il n'y avait pas deuil véritable, elle était toujours vivante, quelque chose *pourrait* toujours reprendre entre nous, même si cela paraissait de plus en plus improbable. Mais plus terrible, car cette simple possibilité de reprise — qui ne dépendait peut-être que d'une nouvelle rencontre impromptue ou d'un coup de téléphone — risquait à chaque instant de tout remettre en question et empêchait toute conclusion véritable, et même tout progrès dans l'oubli. (C'est pourquoi, pour au moins éviter ces « mauvaises » surprises, les malades d'amour vraiment désireux de guérir s'embarquent-ils, sans laisser d'adresse, dans de longs voyages lointains qui apparentent vraiment, du coup, leur *travail* au travail du deuil et les assurent, si tardive et douloureuse qu'elle soit, d'une issue sereine.)

En vérité, son image était une décalcomanie qui ne se détachait pas. Je ne pouvais pas plus l'arracher de moi qu'on ne peut arracher de sa poitrine un cataplasme bouillant : la peau viendrait avec. Chaque jour, au réveil, c'était la même question : comment m'y prendre pour vivre sans trop souffrir ce nouveau jour loin d'elle ? Quelle distraction trouver, sérieuse ou futile ? Rien de ce qui dépendait de moi n'avait d'efficacité, sinon la torpeur ou le sommeil. Je devais plutôt compter sur les hasards — appels téléphoniques, travaux urgents à faire, invitations. J'acceptais en particulier, quoique mollement et presque passivement, les occasions de plaisir que je me serais interdites du temps où je désirais lui être fidèle. Beaucoup plus que par vengeance ou par tactique (se guérir de Charybde avec Scylla !), je m'y livrais avec l'espèce d'entrain résigné qu'on a lorsqu'on vient de subir, dans sa vie sentimentale ou professionnelle, un grand échec et qu'on décide, *pour compenser,* de s'offrir un cadeau ou de se passer une fantaisie (complaisance à soi-même, accès d'hédonisme sans scrupule et sans frein qui prend, chez les moins raffinés, des formes alimentaires — bombances de gâteaux, libations d'alcool ou, de préférence, de tout ce que l'on s'interdit d'ordinaire par ordre du médecin ou par autodiscipline, mais que, pour moi, la publicité d'une marque de tricots il y a quelques années résumait bien mieux, tout en témoignant avec humour de la nouvelle liberté des mœurs : on y voyait une nana moitié dans la tristesse, moitié dans le fou rire — joli arc-en-ciel affectif —, déclarant avec un reste d'incrédulité et même une sorte d'admiration : « Mon jules a un jules ! » et, aussitôt, venait la compensation : « Je m'achète un Rodier ! »

Je couchai donc à plusieurs reprises avec d'anciennes amies. Mais dans ces moments où je me croyais le plus loin d'elle et en route pour l'oubli, elle me revenait, comme dans les rêves, plus présente que jamais. Une fois, en particulier, M., jeune Américaine aux admirables taches de rousseur (d'une rousseur mauve et répandues sur tout le corps comme un crachat d'étoiles), m'avait presque donné le change. Elle avait une façon d'embrasser qui me rappelait Lætitia : sa langue était tantôt enfantine, mutine, en visite aimable dans la résidence des dents, tantôt saccageant tout, comme un gros muscle hystérique et mongol. Elle serrait aussi ses jambes sur mon dos d'une façon pareille à la sienne. Et tout à l'avenant, dans l'ordre du vif, du fougueux, de l'excellent. Pendant quelques minutes, m'avait même visité l'idée qu'il

86

serait beau de mourir ainsi, au plus haut de l'étreinte ; des larmes s'échappaient doucement de mes yeux, M. était devenue L... Mais la belle tachetée y allait trop fort, trop avidement, manquait par trop de cette sobriété inspirée, de cette grâce en quelque sorte tauromachique, avec *faenas* et passes de cape, que Læ pouvait avoir dans la sauvagerie amoureuse, et adieu l'illusion, adieu la mort !

Vains sursauts, donc. D'autant que si, une ou deux fois encore, les caresses de certaines amantes me l'avaient rappelée de façon confondante, le plus souvent hélas ! c'est par l'inaptitude de ces amantes à me les bien faire et à la frustration qui s'ensuivait qu'elle revenait me hanter. Et puis tout cela sentait l'artifice, *l'éther* (oui, comme ce clochard que je rencontrais parfois sur le pont des Arts, toujours hilare, saisi d'une gaieté violente dont je n'avais enfin compris la cause qu'en le voyant un soir, au crépuscule, siffler dans un coin une petite bouteille d'éther). Je m'agitais, *en ville*, avec les autres, mais c'était du théâtre : une façade et, derrière, rien.

Peu à peu, cependant, comme des insectes surgissant du sable encore un peu engourdis après une explosion nucléaire dont ils sont les seuls survivants, ou comme les rouages d'un mécanisme arrêté sous l'effet d'un choc violent qui se remettent peu à peu à fonctionner, les mouvements contradictoires du cœur — rage et désir de tout pardonner — avaient repris en moi leur alternance chaloupée. J'étais partagé entre deux fantasmes : je la revoyais dans la rue avec l'avocat marron (comme je le désignais désormais *in petto*) et, arrivé à sa hauteur, détournais la tête et crachais par terre avec dégoût, comme savent si bien faire les Arabes. Ou bien, j'étais chez moi, à table, j'entendais le bruit de sa clé dans la serrure, elle revenait comme si de rien n'était, je faisais moi aussi comme si trois semaines ne s'étaient pas écoulées et je lui faisais signe d'aller chercher une assiette pour partager mon repas.

Mais, par la force des choses (car, pour tout cela, il aurait fallu être deux !), je ne cédais pas plus au pardon qu'à la vengeance. Bien que ce fût maintenant beaucoup plus difficile, je m'en tenais au parti que j'avais pris dès le début de sa disparition : le silence. Le bras de fer continuait : elle ne savait pas que je l'avais vue, ce qui me donnait un petit avantage sur elle qui ignorait tout de mes réactions et qui, dans le doute, ne pouvait conclure qu'à une indifférence peu glorieuse pour son amour-propre. Peut-être en serait-elle piquée ? Peut-être ma stratégie allait-elle finir par payer ? Peut-être même, me disais-je dans les moments les plus optimistes, n'avait-elle manigancé cette fugue que pour raviver mon désir et notre amour et, le geste qu'elle attendait ne venant pas, allait-elle craquer la première ? Subsistait donc en moi, à peine affaiblie, quoique, à présent, plus insensée, l'idée *qu'au fond* rien n'était perdu, qu'elle se lasserait de l'autre comme elle s'était lassée de moi, que c'est l'autre, bientôt, qui serait jaloux et la fatiguerait de ses interrogatoires et de ses soupçons, bref que si j'étais patient je pourrais la *ravoir*.

Cette idée qui, jusqu'ici, m'avait dissuadé de rien faire, fut paradoxalement à l'origine d'un changement complet d'attitude. Tantôt, à force d'imaginer que j'avais encore part au jeu en faisant le mort, j'en venais à penser que j'y aurais part davantage en bougeant un peu. Tantôt — c'était le moment de la faiblesse et de l'attendrissement —, j'inversais les rôles, me mettant si bien à sa place que j'en venais à m'accuser. « Elle doit se dire : s'il ne cherche pas à me retrouver, s'il ne laisse même plus de messages à ma mère, c'est qu'il ne m'aime pas vraiment. Il ne souffre pas tant que cela et je n'ai pas de scrupules à avoir. » Ces deux mouvements opposés de mon esprit m'incitaient donc également à faire quelque chose. Comme je ne pouvais cependant pas renoncer d'un coup à ma politique de non-intervention, je choisis un moyen terme, avec autant de circonspection qu'un vieux diplomate négociant un changement d'alliance ou une reculade dans l'honneur. Ce furent, d'abord, quelques signes destinés à lui rappeler discrètement mon existence, sans qu'apparemment j'y sois pour rien. Ainsi, un de mes courts métrages sur la Chine devant être projeté un soir sous la Pyramide du Louvre, dans l'auditorium, je lui avais fait envoyer le programme par l'attachée de presse à l'adresse de sa mère, qui ne manquerait pas de transmettre. (Plus tard, quand nous fûmes rabibochés, elle avait raillé cette maigre ruse : « Si tu crois que je ne t'avais pas vu venir, avec tes gros sabots chinois ! »)

Puis les choses s'étaient précipitées. Il y avait un mois maintenant qu'elle m'avait quitté. J'enrageais en pensant au temps perdu, pire : à ces décisions prises, à ces actes — y compris, hélas ! au sens charnel — accomplis par elle, peut-être même, à la longue, à cette affection pour un autre, qui l'éloignaient inexorablement de moi et laisseraient des traces de plus en plus irréversibles dans sa vie autant que dans la mienne. Saisi d'une subite inspiration, je décidai de profiter du courrier des lecteurs de *Libération* qui servait alors d'exutoire aux jeunes gens désireux de s'épancher et, parfois, sous une marée de pseudonymes, de révélateur inspiré des tendances nouvelles de la sensibilité.

Je ne sais si ma lettre révélait quoi que ce soit de l'air du temps. Elle venait plutôt des profondeurs les plus sournoises, les plus singulières de mon moi, j'y laissais paraître, de la façon la moins indulgente et la plus crue, avec une minutie froide qui m'étonnait moi-même, les griefs de toute nature que je concevais contre la disparue. De la sorte, pensais-je, tout serait clair entre nous et nous repartirions d'un meilleur pas. D'ailleurs, on n'avait la chance d'être publié, dans ce genre de courrier public, que si l'on faisait dans l'insolite et le saignant. Ainsi, ce qui devait être le suave appel de la dernière chance s'était-il changé en réquisitoire. Dieu merci, le journal ne la publia pas.

Entre-temps, un nouvel événement eut raison de ces intempestives velléités de récrimination. On ne se méfie jamais assez de la mémoire, principalement de la mémoire affective, et de ces violents déclics par lesquels, ô Proust, elle nous plonge soudain dans un autre temps naguère connu puis oublié, de façon aussi brutale et imprévisible que si, les yeux bandés, on avait été lâché dans le vide du haut d'un hélicoptère et qu'on se fût soudain retrouvé, après un heurt qui aurait desserré notre bandeau, entouré d'algues et de poissons, dans l'épaisseur fraîche et glauque d'un abîme sous-marin. Encore cette image ne convient-elle qu'aux cas extrêmes. Sauf sensibilité maladive (comme chez Marcel, sans doute), ces basculements imprévus de la conscience ne s'opèrent pas vraiment d'un coup. Ils commencent par une impression d'énigme — d'énigme qui demande d'urgence à être résolue, certes —, mais au milieu de beaucoup de brume et de nuit qu'il faut dissiper avec effort : où était-ce ? quand était-ce ? et même : de quoi s'agit-il ? Il ne tient qu'à nous d'en rester à cette titillation, de laisser l'énigme rentrer dans sa nuit,

91

sans réagir, surtout si nous pressentons que le monde qui demande à resurgir en nous et même à nous submerger est empreint de malheur.

Bien plus imparables, les bombes à retardement que déposent autour de nous, tout près de nous et jusqu'en nous, les machines, les *prothèses*, qui nous tiennent lieu aujourd'hui de mémoire. Il y en a tant, désormais, que nous n'y prenons pas garde. Et elles explosent d'un coup. Ainsi, mon ami Pierre m'ayant prêté un appareil prototype, j'attendais le développement de plusieurs rouleaux de photos en trois dimensions que j'avais prises, peu de temps auparavant, au cours de repérages en Alsace. Le matin où les clichés m'étaient arrivés par la poste, j'avais reçu soudain, les ayant éparpillés en désordre devant moi, un coup de poignard : au milieu d'une série de maisons à colombages du Vieux Strasbourg, un cliché plus ancien me découvrait Lætitia nue, sortant de la mer, avec un sourire de Vénus un peu triste, dans toute la grâce d'un matin de Deauville. Elle était cadrée en plan rapproché, de la tête au pubis, avançant vers la droite mais le visage tourné vers l'objectif, et le relief faisait admirablement ressortir les perles de l'eau sur sa peau qui avait la chair de poule. C'était tout ce qui restait de notre dernier dimanche ensemble. Je m'étais accoudé à mon bureau, la photo tout près des yeux, de façon que l'illusion soit plus forte et j'étais en train de déchiffrer avec émotion, dans cette attitude et ce regard, tout ce qui s'y révélait de contradictoire : la sensualité, la fatigue (amoureuse ?), le narcissisme, la dureté, la tendresse, la trahison qui s'apprête, quand, soudain, l'ayant fait bouger par mégarde, j'aperçus un léger mouvement sur ses lèvres : elle disait vraisemblablement quelque chose au moment où la photo avait été prise et la seconde, la toute petite seconde, que mettait ce prototype à capter ses sujets en relief avait fait le reste. M'approchant encore un peu plus du visage aimé et remuant imperceptiblement des dizaines de fois l'icône lumineuse, j'avais cherché à reconstituer le mot ou les mots que murmuraient ses lèvres en me regardant. Sa bouche, d'abord un peu arrondie, s'étirait doucement, faisait donc comme un « è » après un « e » et, à tort ou à raison, je m'étais persuadé avec ravissement qu'elle était en train de me dire « je t'aime ». Et j'étais resté ainsi presque des heures, bouleversé jusqu'aux larmes, à contempler — que dis-je ? à habiter — cette photo où, disponible et aimante, elle était enfin à moi sans limites.

Jamais elle n'avait été plus belle. Il me semblait qu'elle était enfin pleinement femme, d'une plus grande finesse de traits, d'une beauté plus élégante et plus *objective*, que lorsque je l'avais rencontrée pour la première fois sur la plage de Biarritz, à un moment où la forte sensualité qui émanait de son corps encore si jeune, et qui la rendait si immédiatement, si violemment désirable, empêchait toute véritable considération esthétique. C'est peut-être grâce à moi, pensais-je, qu'elle est devenue si belle. Et c'est à ce moment qu'elle a choisi de me quitter !

La puissance propre de la photo changeait mes vagues regrets en brûlures insupportables. Qu'est-ce, en effet, que l'image intérieure que nous avons d'un être, si pâle et fugace, même quand le désir la rehausse, auprès de son image *matérielle*, en couleur et en relief, surtout si, comme ici, hors de nous, distincte de nous, cette image a un regard qui nous regarde et presque une voix ? Le double en trois dimensions inflige un cinglant démenti aux évanescences de plus en plus approximatives du souvenir — le démenti rayonnant d'une quasi-présence : c'est le sang rendu aux ombres, comme par Ulysse aux Enfers, mais irriguant aussi Ulysse et le gonflant de désir.

Un autre jour, un ami m'avait entraîné, « pour rire », dans un sex-shop où, à titre d'échantillons sans doute, plusieurs téléviseurs diffusaient des cassettes pornos. Et soudain, devant un de ces appareils autour duquel le vendeur et plusieurs types sans âge étaient agglutinés, mon cœur avait battu plus fort. Je venais de reconnaître la jeune métisse en maillot léopard brusquement surgie de derrière les palmes en carton-pâte : Lætitia ! C'était la cassette porno du Cheval Bleu. J'étais resté figé, aussi incapable de faire un geste que de supporter ce qui allait suivre. Les rires, qui avaient commencé à fuser, s'étaient bientôt étranglés dans les gorges : la beauté sans doute des protagonistes, la fascination glaçante du plaisir, dès lors qu'il n'est, à l'évidence, pas mimé... Ignorant tout, mon ami voulait partir. Un zoom maladroit montrait à présent le visage de la captive vampant un des jeunes explorateurs. Le cœur m'avait manqué. Je m'étais dirigé vers la sortie comme un somnambule, les yeux jusqu'au bout happés par l'écran empli du corps impeccable de Læ dansant nue sous la lune. Il m'avait fallu de longues minutes, ensuite, pour retrouver mes esprits, dissiper l'espèce de haine — jalousie et mépris mêlés — que m'inspiraient les voyeurs rigolards à qui il me semblait que j'abandonnais mon amie.

Ou encore c'étaient des riens. Par exemple, le petit bruit sec qu'avait fait un matin la rognure d'un ongle d'orteil éjectée par le coupe-ongles et heurtant la paroi du lavabo. Il m'avait ramené, d'un coup, un de ces moments interminables qu'elle aimait passer avec moi, nue, dans la salle de bains (c'est là qu'elle était vraiment chez elle ; elle y campait) et j'avais failli vomir de douleur. Bref, il fallait en finir.

D'où ma fébrilité, désormais, et même une vraie rage froide dans l'acharnement. Je m'agitai sans retenue, téléphonai à sa mère, à ses amies, affectant une curiosité enjouée, un détachement bon-homme : « Tiens ! Où est donc passée Lætitia ? Cela fait un siècle... » Une de ses amies, vaguement mannequin, m'ayant dit l'avoir vue deux fois rue La Boétie, j'errai des heures dans cette rue, avec l'espoir de l'apercevoir. En vain. Je lui envoyai sans un mot, toujours aux bons soins de sa mère, un double de la photo d'elle qui m'avait tant ému et donné ce si pressant désir de la revoir (en recon-naissant les lieux où elle avait été prise, elle ne manquerait pas de se remémorer les circonstances et le photographe). Enfin, je lui fis une autre lettre « ouverte », plus courte et plus douce, presque un poème, que *Libération* publia bientôt. J'y multi-pliais les allusions à un roman célèbre que je lui avais fait connaître et qui présentait assez d'analo-gies avec notre situation et avec son prénom pour qu'elle n'eût aucun doute sur l'identité de celui qui signait E.E. (la première lettre de mon prénom et la dernière de mon nom) :

Lætitia, lumière de ma vie, feu de mes veines. Mon salut, ma chair. Læ-ti-tia : le bout de la langue fait trois petits bonds dans la bouche, du palais aux dents du dessus puis du dessous, pour laisser, à trois, la voix se perdre dans un souffle. Læ. Ti. Tia.

Tu étais Læ le matin, Læ tout court, un mètre soixante-quinze sur la pointe des pieds. Tu étais Læti, l'été, nue dans l'eau. Tu étais Titia l'hiver, en four-

96

rure, au Lutétia. Tu fus Annabelle, Wanda, Lola
dans mes rêves. Mais dans mes bras, tu fus toujours
Lætitia.

(Etc.)

Je me demande laquelle de toutes ces bouteilles
à la mer l'atteignit la première — et même si
aucune l'atteignit vraiment, et si le hasard ne prit
pas le relais —, mais il ne fallut pas trois jours pour
qu'arrive cette chose que je n'espérais plus, depuis
un mois qu'elle était partie : un coup de téléphone
d'elle. Certes, il n'y avait pas lieu de pavoiser : sans
donner la moindre explication, elle me demandait
d'un ton assez froid si elle pouvait reprendre ses
affaires. Puis, après deux ou trois phrases échan-
gées (je m'appliquais à un ton neutre et calme,
mais j'étais ému au possible), elle ne me parla plus
que de quelques vêtements dont elle avait besoin,
puis seulement d'une certaine robe en dentelle
bleue de chez Azzedine Alaïa. Cela ne prendrait
que quelques minutes. Je me faisais l'effet d'un
costumier ou d'un garde-meuble. Mais la conversation avait tranquillement pris son essor. Je
n'avais pu me retenir de lui dire que je l'avais vue
un soir avec un homme. C'était, répondit-elle,
« l'ami de ma cousine Éthel, tu sais : Éthel ! »
(j'ignorais jusqu'au fait qu'elle eût une cousine).
Puis, pour donner le change, et d'une voix qui
reprenait ces inflexions sensuelles qui la rendaient

97

si redoutable, elle me demanda brusquement ce que je faisais à la Toussaint. Tandis que je feignais de consulter un invisible agenda — j'étais en réalité fou de joie —, elle se mit à lire au téléphone, tout aussi soudain et comme pour elle-même, d'une voix plus basse, plus envoûtante encore, une carte que je lui avais envoyée, deux mois plus tôt, de Madrid et qu'elle avait conservée avec elle : « Ma petite Læ, sans toi, si loin, je suis meurtri, à vif, plus dépouillé qu'un grand opéré amputé de la moitié de son corps. »

À propos de carte, je lui demandai si elle avait reçu ma photo d'elle. Non. Lu ma lettre dans *Libération* ? Non plus. Elle avait apparemment appelé d'elle-même. Je pensai donc un instant qu'elle avait craqué la première et que j'avais « gagné ». L'amour, décidément, est une guerre. En ceci aussi qu'après une rupture, la paix revenue ou en voie de l'être, les amants comparent leurs hypothèses rétrospectives, les sentiments par lesquels chacun a imaginé qu'était passé l'autre, de la même façon qu'après un conflit, pour avoir l'intelligence du tout, les historiens confrontent les archives secrètes de chacun des belligérants. Pour moi, je fus un historien frustré : soit lassitude, soit désir de ne pas envenimer les choses, je ne posai pas toutes les questions qu'il aurait fallu, du moins n'obtins pas toutes les réponses. Beaucoup de points sur ce mois de séparation me restèrent à jamais obscurs.

Ainsi, et c'est à cela que je voulais en venir, sur son coup de téléphone même, il ne lui fallut pas une minute pour se contredire et me faire douter de ma « victoire ». « Pourquoi, lui avais-je demandé soudain, as-tu été si longue à me donner signe de vie ? » Elle avait répondu que c'était (comme je l'avais pressenti vers la fin) parce qu'elle attendait que je l'appelle le premier.

« Je ne l'ai pourtant pas fait !

— Mais si, ou c'est tout comme : tu as téléphoné à Christelle (son amie mannequin). J'étais à côté d'elle quand tu as appelé !... »

La conversation téléphonique avait duré encore dix bonnes minutes. À la fin, elle m'avait dit : « Peut-être que je vais passer tout à l'heure. — Quand ? — Dans une heure, une heure et demie. » Elle n'était pas passée. Mais elle avait téléphoné le lendemain pour confirmer qu'elle viendrait déjeuner le jour de la Toussaint. « Prépare quelque chose de bon. »

J'avais commandé au traiteur un plat qu'elle aimait — le ris de veau à la florentine —, mais je l'avais mangé seul. Cette Toussaint avait plutôt été mon vendredi saint, chemin de croix compris. Me contentant de ses déclarations à demi-mot et donnant un peu vite carrière à mes rêves les plus fous, je la voyais revenant avec ses bagages et reprenant sa place chez moi, chez nous. Or elle avait téléphoné vers quinze heures, déclarant, d'une voix de rogomme, qu'elle avait eu une nuit difficile et me demandant de remettre au lendemain. « Impossible, lui avais-je dit, demain, je pars en repérages à Troyes. » Finalement, elle était passée le soir. Elle s'était d'abord montrée câline, s'abandonnant presque aussitôt sur le canapé du salon, me demandant de la porter dans mes bras jusqu'à la chambre, ce que j'avais déjà fait cent fois auparavant (c'était une de ses faiblesses, un fantasme, sans doute, venu de besoins de tendresse inassouvis dans la petite enfance, étonnant chez cette fille autrement très active en amour), mais je ne lui donnai pas cette fois satisfaction : les choses étaient trop bien engagées, nous avions déjà roulé sur l'épais tapis dessiné par Viallat que j'avais encore alors et qu'un peu plus tard elle avait saccagé avec de l'huile bouillante dans un moment de colère.

Elle avait été à peine moins violente cette fois-ci. Après l'amour, et après un long silence langoureux, nous avions commencé à parler ; aussitôt, probablement pour tuer dans l'œuf toute récrimination de ma part sur sa fugue, elle avait durement « mis les choses au point » : « Inutile de geindre. Si je t'aimais, je serais gênée par tes reproches éventuels. Mais comme je ne t'aime pas... » Dix minutes plus tard, elle était revenue sur ce propos, avait tenté de le déguiser rétrospectivement en plaisanterie tout juste un peu cruelle, mais c'était trop tard, j'en avais trop bien senti la sincérité de glace. Sincères, en tout cas, hélas ! ses imprécations et la porte claquée, à la fin, après qu'elle m'avait demandé de l'aider à « éponger » certaines dettes et que j'avais refusé sans la moindre hésitation.

C'est alors, je crois, alors qu'elle semblait à jamais « perdue pour moi », comme disait Nerval de son Aurélia, que ma détermination à me battre fut paradoxalement la plus grande et la plus lucide, je devrais dire la plus joyeuse. Un ami — Lalande ou Donnard —, à qui j'avais fini par en parler, m'avait dissuadé de poursuivre : « Elle n'en vaut pas la peine ! » Au contraire, j'avais la conviction, je l'eus de plus en plus, qu'elle valait toutes les peines. Deux jours au plus après nos retrouvailles avortées, je crus, de nouveau, dans une boîte de nuit, pouvoir me guérir en cédant aux invites d'une belle personne — une inconnue, une Beurette, qui se révéla vénale (mais trop tard pour elle : elle n'avait pas prévenu, n'avait pas fait le minimum sans quoi il n'est pas de contrat, même tacite, qui vaille et n'avait commencé à jouer les fauchées qu'en se rhabillant : elle eut des nèfles et toute ma reconnaissance). Or, au milieu des effervescences du *tagada*, et même après, tandis que nous somnolions, je m'étais dit : « Comme celle-ci embrasse bien ! Comme elle se cambre bien ! Comme elle est douce et docile ! Comme cela me repose ! » Et j'avais eu des rêveries d'amour tranquille et de félicité qui me faisaient presque, comme le loup de la fable, « pleurer de tendresse ». Mais, avec le matin, la raison m'était revenue. Je voyais bien tout ce que n'avait pas l'inconnue et qui me faisait aimer mon amie : l'intelligence, l'humour, l'imprévisibilité, même la rudesse et l'indocilité, même cette ambition rageuse (Læ voulait devenir star, d'une façon ou d'une autre) qui la rendaient si attachante, si différente de ces nénettes fraîches mais incultes, avachies, paumées, battues d'avance, sur lesquelles on risque de tomber quand on *fait son marché* dans les rues ou les boîtes de nuit parisiennes. Sans compter ce savoir-faire sexuel, plein de fougue et d'innovations, qui la faisait unique et ravalait définitivement les petits coups de langue et autres chatteries, même professionnelles, des beautés d'occasion au rang de pauvres zakouski.

Le hasard, je me souviens, avait bien fait les choses (ou c'est moi qui l'avais aidé) : ces jours-là, j'avais vu coup sur coup deux ou trois spectacles qui suggéraient mêmement et fortement qu'en amour, on n'a rien sans rien. Un film de Claude Zidi, d'abord, sur les tribulations, à Barbès, de deux flics véreux, dont le plus vieux disait à son cadet amoureux d'une belle *créature* : « Celle-là, elle est trop chère pour toi ! » et lui, au lieu de se résigner, se démenait comme un démon, risquait même sa vie, pour devenir riche et *avoir* sa dulcinée. Puis ç'avait été *Le Barbier de Séville* à la Comédie-Française, pièce qui rappelle si bien, je m'en avisais pour la première fois, que tout s'obtient par l'argent, y compris et d'abord le bonheur. « De l'or, mon Dieu, de l'or, dit Figaro, c'est le nerf de l'intrigue. » Pour s'assurer définitivement de la tendre Rosine, le jeune comte amoureux paye, paye tout autant que son rival, le barbon grisonnant : une bourse à Bazile, une bourse au notaire, etc. (Et n'importe quel roman de Balzac, par exemple *La Cousine Bette,* m'aurait soufflé la même chose.) Dans les moments où le balancier de mon incertitude — si j'ose cette métaphore —, parti de la fureur et de la volonté de rompre, atteignait l'extrémité de la résignation et de la capitulation sans condition, j'étais donc prêt à donner à Lætitia tout l'argent qu'elle voudrait, au moins à la couvrir de cadeaux fastueux, qui éclipseraient ceux de l'autre, ceux de quiconque. Je n'eus pas à en venir là.

Je passe sur mes dernières hésitations, mes réveils perclus de tristesse, le détail de mes acharnements et de mes ruses, souvent piteuses (pour savoir, par exemple, où elle était sans trop perdre la face, j'avais demandé à un ami de téléphoner à la mère de Lætitia devant moi : quelle n'avait pas été ma surprise d'entendre à l'écouteur Læ répondre elle-même ! Nous avions raccroché précipitamment). Je passe aussi sur le moment précis de nos raccordailles. Qu'il me suffise de dire qu'elles avaient eu lieu boulevard Arago, à la sortie d'un institut de mise en forme où elle avait ses habitudes au début de notre liaison et qu'elle m'avait dit à la Toussaint refréquenter. Je l'avais en vain longuement guettée les deux jours précédents, elle m'était enfin apparue, sortant avec un groupe, au moment même où j'arrivais. Je m'étais vivement reculé pour qu'elle ne me voie pas. J'avais attendu qu'elle soit seule. Elle se dirigeait maintenant vers le métro des Gobelins, un peu voûtée, perdue dans ses pensées, d'un pas lent, comme si elle attendait vaguement quelqu'un. Mais non, personne ne la rejoignait. Je m'étais rapproché. À cinq mètres, je l'avais appelée : « Lætitia ! » Elle ne s'était pas retournée. J'avais alors pensé en un éclair qu'elle m'avait vu depuis le début et qu'elle faisait la tête (elle avait horreur qu'on l'observe à son insu, et encore plus qu'on la suive ; l'été dernier, quand elle sortait seule de chez moi, à peine arrivée dans la rue, elle levait la tête vers la fenêtre de mon bureau, que je laissais ouverte, et me faisait un dernier salut : j'ai longtemps cru que c'était par tendresse, je crois plutôt maintenant que c'était pour s'assurer que je ne la filais pas). Je m'étais rapproché un peu plus d'elle, derrière elle, et j'avais répété, d'une voix plus douce, presque dans son oreille : « Lætitia ? » Elle avait sursauté, mais — image bénie et qui me restera jusqu'à la mort — à peine m'avait-elle reconnu, son visage s'était éclairé, comme un paysage au moment précis où le soleil perce les nuages, illuminé, détendu, rajeuni jusqu'à paraître enfantin. « Je suis contente de te voir », m'avait-elle dit en me sautant au cou. Et plus tard : « Jamais personne ne s'est donné autant de mal pour m'*avoir*. Jamais on ne m'a aimée comme toi. Tu mérites que je t'aime. »

Et ainsi — pour peu de temps, mais qu'importe — se trouvaient d'un seul coup justifiés mes efforts et mes peines. Depuis ce jour, je ne crois pas qu'on puisse dire qu'on aime une femme si l'on n'a pas été pour elle jusqu'à l'abaissement et au sacrifice. Il n'y a pas de bonheur donné.

XI

La pire de ses disparitions, la plus insensée et la plus paradoxale, ce fut au cours d'un voyage au Japon, notre premier voyage à l'étranger. Nous l'avions préparé avec tant de ferveur, moi surtout. J'avais accompagné Lætitia à la mairie du sixième où elle devait chercher son passeport, chose qu'elle répugnait à faire seule. Heureusement, dans la queue, devant nous, une jeune Martiniquaise délurée et gouailleuse qui disait partir, elle aussi, là-bas, pour la cinquième fois, s'était adressée à nous et nous avait distraits d'anecdotes et de détails exotiques : Læ était enchantée, elles avaient sympathisé.

Le voyage proprement dit avait mal commencé : notre départ avait été retardé par la tempête. Puis, pendant les trois premiers quarts d'heure du vol, nous avions été secoués comme je n'ai jamais vu (sauf, peut-être, dans un coucou espagnol au-dessus des Pyrénées, de Saint-Sébastien à Barcelone, quand j'étais adolescent). C'était pourtant un Boeing 747. Les méfaits de la tempête se traduisaient non par de simples tremblements ni même par de brusques et brefs effondrements, comme, à la foire, dans les *grand 8*, mais par des secousses violentes et régulières d'un bord de l'appareil à l'autre. Nous n'en menions pas large. C'était la première fois, je crois, que ma jeune compagne prenait l'avion. Quel baptême de l'air ! On mettait alors plus de douze heures pour atteindre Tokyo, même par la route de Sibérie. À l'arrivée, mon amie n'était pas à prendre avec des pincettes. Elle était blême, enfermée dans un mutisme qu'elle ne quitta pas même quand un douanier lui demanda, à Narita : « *Shinkoku suru mono wa arimasenka ?* » C'est-à-dire — je me souviens encore de quelques phrases ! — « Rien à déclarer ? » Était-ce l'effet pâlissant de la fatigue sur son teint mulâtre ? il l'avait prise pour une Japonaise !

Nous n'étions pas au bout de nos peines. La navette qui conduit de Narita au terminal de Hakosaki s'était trouvée coincée, comme toutes les voitures ou tous les poids lourds qui tentent jour et nuit d'entrer à Tokyo ou d'en sortir, dans un embouteillage monstre. Quatre heures pour faire soixante-dix kilomètres !

Dans le taxi qui nous conduisait à notre hôtel, au fur et à mesure qu'elle découvrait les enseignes qui s'allumaient et clignotaient dans le crépuscule, ou les petites lueurs rouges qui semblent, au sommet des gratte-ciel, des signaux adressés aux extraterrestres, ma compagne, sans desserrer encore les lèvres, avait du moins laissé paraître, heureusement, un intérêt et même une allégresse croissants. Je ne désespérais pas de la rendre au ravissement que j'avais escompté. Je décidai brusquement de frapper un grand coup et, au lieu de l'hôtel bon mais sans plus que j'avais indiqué à notre chauffeur, près du parc impérial, je le fis obliquer vers le quartier de Shinjuku et le Keiô Plaza, l'un des hôtels les plus prestigieux de Tokyo. Il y avait encore, le ciel était avec moi, une belle chambre de libre, pour une nuit seulement. Nous nous y installâmes dans une certaine euphorie. Il était environ vingt heures, heure de Tokyo, nous n'avions pas dormi depuis longtemps, il aurait été sage de nous coucher pour rattraper le décalage horaire, mais, après une douche qu'elle prit en sifflotant, ma compagne se mit sans dire un mot à se rhabiller de la façon la plus exquise et je compris qu'il faudrait ressortir. Ce que je fis de bon cœur. Je la conduisis à la gare de Shinjuku où se presse à cette heure-là, comme à quelques autres, l'une des foules les plus denses et les plus actives du monde. Elle paraissait enchantée de tous ces gens, de tous ces hommes cravatés, de ces adolescents en *jeans* et baskets, de ces jeunes femmes en robe claire qui traversaient à vive allure en tous sens ces grands espaces souterrains sans jamais se heurter. Aussi est-ce avec un sourire, enfin, et une douce pression de la main qu'elle accueillit ma proposition de pousser jusqu'à l'immeuble « Lumine », grand magasin truffé de petits restaurants, pour y boire quelque chose. Nous avions trouvé, au rez-de-chaussée, un café à la française, le Café de Paris. À peine étions-nous installés, surprise : la serveuse qui venait de répondre machinalement, avec un accent à couper au couteau, « *Kashikomari mash-ita !* » (Tout de suite !) à ma commande n'était autre que la Martiniquaise de l'autre jour. Grandes effusions : mon amie exultait, s'était même risquée à quelques mots de créole. Elle ne le parlait pas vraiment — à l'époque, elle n'était encore jamais allée aux Antilles, aussi n'avais-je pu m'empêcher de ressentir cette initiative linguistique comme une façon de m'exclure de la conversation. J'avais cependant essayé de rester souriant. En réalité, je souffrais, n'appréciais pas du tout de la voir ainsi entrer dans l'orbe de quelqu'un d'autre, elle dont j'avais depuis si longtemps rêvé d'être au Japon le guide unique et attentionné. Surtout quand j'entendis l'autre lui proposer un rendez-vous après son travail, vers vingt-deux heures, et elle l'accepter avec enthousiasme, l'une et l'autre ne faisant pas plus de cas de moi que d'une guigne.

Au retour, c'est moi qui me taisais et elle, au contraire, qui parlait, faisant des remarques sur tout et sur rien, par petites phrases affectant trop laborieusement le flegme pour que je ne sente pas l'intense jubilation qu'elles cachaient. Avec le sadisme consommé de ceux qui se sentent triompher, elle se donnait les gants de refréner ostensiblement son allégresse, ce qui mettait le comble à ma rage. La fatigue, heureusement, fit bientôt pour moi tout flotter dans une brume apaisante. Fatigue dont je présumais qu'elle aurait aussi raison de mon amie et la détournerait de ressortir. Douce illusion. Après avoir regardoté la télévision, passant rapidement de l'un à l'autre des douze canaux disponibles — dont un où était diffusé presque en direct un bout de journal télévisé français —, j'étais depuis déjà dix minutes en train de me vautrer dans la douceur assoupissante d'un bain à l'eucalyptus, quand je l'entendis me dire à travers la porte de la salle de bains : « Dépêche-toi, nous allons être en retard ! » Nous ne dormirions décidément pas de sitôt : au moins avais-je la satisfaction d'apprendre que je serais de l'expédition. Je m'étais aussitôt arraché à l'étreinte moelleuse de l'eau, et avais commencé à me sécher. Lætitia s'était approchée du grand miroir de la salle de bains pour arranger ses cheveux. Elle s'était, en effet, pour ce voyage, mise en frais d'une nouvelle coiffure : elle avait, à l'africaine, divisé sa toison en innombrables petites tresses, comme elle faisait parfois, mais avait ajouté, au bout de chacune, une petite mèche de faux cheveux châtain clair. Ce mélange de noir et de clair lui donnait un air vénitien. Je ne sais ce qui me prit, la fatigue, une subite envie de rire, de faire l'enfant, de retrouver la connivence spontanée de l'amour, dont son renfrognement nous avait privés depuis le départ de Paris, toujours est-il que je tirai tout à trac l'une de ces fausses petites couettes qui, mal fixée à la tresse qu'elle terminait, me resta dans la main. Que n'avais-je pas fait ! J'eus droit à une de ces insultes brèves qui font mal non tant par ce qu'elles disent que par tout ce que leur ton révèle, soudain, d'exaspération et de haine. Exaspéré à mon tour, je sortis de la salle de bains en tentant d'en claquer la porte, puis, après un moment d'incertitude où je restai assis sur le lit dans la position du penseur de Rodin et aussi nu que lui, je me couchai et pris un livre, marquant ainsi clairement mon intention de ne pas ressortir. J'imaginais que, sans moi, Lætitia ne pourrait pas retrouver le lieu du rendez-vous et m'apprêtais à garder, face à d'éventuelles questions, le silence le plus têtu, quand je la vis traverser la chambre en disant, d'une voix sombre, quelque chose comme : « Je vais dire à la Martiniquaise que nous annulons le rendez-vous. Moi aussi, je suis fatiguée », puis sortir, sans autre forme de procès.

Un long moment, j'avais tenté de dormir. Puis j'étais sorti du lit comme un diable à ressorts, décidé à reprendre le dessus, à changer cette ani-croche en avantage : « Je vais les retrouver toutes les deux, m'étais-je dit, prendre un air jeune et gai, complice, faire le boute-en-train, elle sera fière de moi. » Je m'étais rasé et vêtu de frais, avais couru à Lumine. Quand j'étais arrivé, l'Antillaise était seule, sur le point de finir son travail. « Elle vient de partir avec un monsieur », m'annonça-t-elle. J'ai essayé de sourire : « Elle n'a pas perdu de temps ! » « Elle est partie par là, a-t-elle ajouté. Ils ont sans doute été prendre un verre. » Comme la direction qu'elle indiquait était celle des rues grouillantes et illuminées du Shinjuku nocturne, autant dire une botte de foin pour retrouver une aiguille, j'avais fait vaguement quelques pas dans plusieurs directions, résigné d'avance à ne rien trouver, puis étais rentré.

Épuisé, je m'étais couché. Mais le moindre bruit dans le couloir me réveillait, je m'attendais à chaque instant à la voir revenir, déjà je fourbissais le discours tantôt « grand seigneur », tantôt sarcastique, tantôt simplement furieux que m'inspirait sa conduite. Car il m'était évident qu'elle n'avait pu se perdre : elle avait trouvé le café du rendez-vous toute seule, avait donc déjà fait trois fois la route, et puis le Keiô Plaza est un des lieux les plus connus de Tokyo, on l'aurait renseignée sans mal au seul énoncé de ce nom.

Comment peindre les affres de cette première

nuit japonaise sans Lætitia, les moments d'insomnie, de rage — de larmes, je crois bien —, la fatigue reprenant durement le dessus, les réveils en sursaut, les cauchemars ? Vers huit heures, éreinté, j'avais pris un long bain, puis étais sorti vingt minutes prendre un petit déjeuner dans un des cafés de l'hôtel. À mon retour, quelle n'avait pas été ma surprise de trouver, glissé sous la porte de la chambre, un mot d'elle ! Comment ne nous étions-nous pas croisés dans les couloirs ou l'ascenseur ? Pourquoi n'avait-elle pas eu la patience de m'attendre ? Le mot était tourné de façon que ce soit moi qui me sente coupable (je connaissais bien cette tactique qui la faisait toujours attaquer quand elle aurait dû être sur la défensive et prêter à autrui les torts qu'elle avait) : « Je ne sais pas où tu as disparu, je t'ai attendu, je repasserai vers 14 h, Læ. » C'est moi qui avais « disparu » ! Je ne pus refréner un petit rire nerveux d'impuissance admirative devant tant de culot. Elle me rappelait mon agresseur de New York, un soir que j'avais été attaqué par surprise en pleine Troisième Avenue : un moment décontenancé de ce que son énorme coup de poing ne m'ait pas assommé, que j'aie même pu me relever et courir vers un taxi, il s'était mis à me poursuivre avec beaucoup d'aplomb en criant « *Give me back my money ! Give me back my money !* » (Rendez-moi mon argent !), comme si c'était moi l'agresseur et lui le volé.

J'étais hors de moi. Comment Læ avait-elle pu oublier que nous n'avions la chambre que pour une nuit, qu'il fallait la libérer à onze heures, que nous n'avions encore aucune idée de l'endroit où nous irions ensuite ? Au lieu de redormir un peu, comme j'en avais l'intention et le plus grand besoin, je dus cavaler dans les environs à la recherche d'une nouvelle chambre. C'était période de fête, tous les hôtels étaient complets. Je trouvai pourtant *in extremis* une petite chambre au vingtième étage du Washington Hôtel, qui était tout neuf et brillait dans le soleil comme un beau paquebot blanc. À onze heures, après avoir réglé la note du Keiô Plaza, je transférai moi-même à pied nos bagages. À peine installé dans le « paquebot » (où, de fait, les fenêtres, assez petites, semblaient des hublots), après un long regard flottant aux toits et aux gratte-ciel qui, de cette hauteur, s'offraient splendidement à la vue, je m'allongeai un instant — chose d'autant moins évitable que le lit occupait bien les deux tiers de la chambre et qu'on ne pouvait pour ainsi dire pas y échapper. Et il m'arriva cette chose horrible : je sombrai aussitôt dans un profond sommeil dont je ne ressortis — en sursaut — que vers 14 h 30. Je courus au Keiô Plaza. Elle n'était pas là, ou plus là — quoique personne, ni parmi les femmes de chambre de l'étage, ni à la réception, n'ait été capable de me dire si elle était passée ou non. En tout cas, pas de message, ni à la chambre ni en bas. Le rendez-vous de la **dernière** chance était passé. Je me précipitai au **Café de Paris** : la Martiniquaise n'y était pas. Toute **chaîne** entre nous était rompue. Il me semblait la **voir**, telle l'infortuné cosmonaute de *2001, l'Odyssée de l'espace*, au moment où un robot pervers vient de couper le dernier lien qui le rattache au vaisseau spatial, s'éloigner vertigineusement à jamais dans l'immensité nocturne.

J'ai tort de raconter tout cela. Me remontent soudain à la gorge, dans l'ordre ou, plutôt, la confusion de leur apparition, les sentiments et les pulsions contradictoires qui s'emparèrent alors douloureusement de moi pendant plusieurs jours. L'impression d'un énorme gâchis, d'abord, car ce voyage avait coûté cher et, la date du retour ne pouvant être modifiée, j'avais trois semaines à tuer, trois semaines sans elle, dans un Japon que j'avais rêvé de redécouvrir avec elle, par ses yeux, et qui, elle disparue, n'avait plus d'attrait pour moi. Ce voyage était — j'hésite à employer une expression aussi pompeuse — une sorte d'expérience de la dernière chance pour notre couple. Il survenait au terme d'une période assez sombre, faite de disputes et de fugues (des siennes, principalement, mais j'avais moi-même disparu volontairement plusieurs jours par représailles, pour l'inquiéter — avec, je dois l'avouer, un succès très relatif). Partir au Japon, loin de tous ses autres amants, réels ou supposés, dans un pays où elle ne connaissait personne, c'était remettre toutes les chances de mon côté, reprendre notre histoire à neuf. En outre, son ignorance totale du pays — à peine si elle le distinguait de la Chine — et des langues étrangères la mettait à ma merci, dans la douce dépendance de l'enfant ou de l'élève, qui est propice à tous les rapprochements. Or ce voyage qui devait être une succession d'enchantements partagés et, pour elle, un réservoir de souvenirs éblouis où je figurerais à jamais, moi et moi seul, comme sur les photos qu'elle ne manquerait pas de prendre, ce voyage de retrouvailles et de reconquête commençait comme un voyage de veuf, par la tristesse et la solitude. D'où le dépit qui me saisissait à intervalles réguliers, avec une violence égale à mon impuissance : je cassai ou tentai de casser tous les cendriers de la chambre — qui sont quasiment les seuls objets déplaçables dans ces hôtels japonais conçus pour résister aux tremblements de terre.

Un peu plus tard, quand je revis brièvement la Martiniquaise et que celle-ci, apparemment sans songer au mal qu'elle pouvait me faire, m'apprit que Lætitia était « *avec* un Japonais qui parle français », client épisodique du café, qui avait cherché à la draguer elle-même plusieurs fois, j'eus des accès de rage froide, je me voyais — dans la scène fantasmatique de son retour, hélas ! de plus en plus improbable — lui crachant au visage, la giflant, la jetant à terre et la rouant de coups. Je dus même, dans un carnet où je me lançais, aux moments les plus intenables, dans des griffonnements furieux, la vouer à la mort — réaction plus littéraire que réellement méditée, j'aurais bien été en peine de passer à l'acte, je n'ai jamais fait de mal à une mouche.

Pourtant, mes sentiments ne furent pas tous si violents. J'oublie l'essentiel, qui fut douceur. Douleur et douceur mêlées — il faudrait écrire doul/ceur. Une souffrance sourde et bienfaisante, lancinante comme une angine de poitrine, de longs moments de conscience engourdie et douil-lette, entre euphorie et prostration, où la colère fait progressivement place à une immense tendresse, à des rêveries où tout évolue dans la confiance et la ferveur, et dans l'ineffable d'une affection sans fin. Dans ces moments-là, j'étais prêt à tous les par-dons, à implorer même, à ramper.

Je ne me souviens plus bien de la suite. Je crois que la Martiniquaise avait disparu à son tour. Oui, c'est cela : elle était rentrée à Paris avec un Français qui était tombé amoureux d'elle. Heureusement, il restait le Café de Paris. J'avais laissé à tout hasard à la caissière, qui avait vu Lætitia une ou deux fois, le numéro de téléphone de l'hôtel. J'étais revenu sou-vent et un jour, enfin, elle m'avait dit : « Ça y est, elle est passée, je lui ai donné votre numéro. » J'avais regagné précipitamment ma chambre, avais attendu toute la journée son appel. Mais non, rien, ni les jours suivants. Plus tard, je m'étais raccroché à un détail donné en passant par la Martiniquaise la dernière fois que je l'avais vue : « Je crois que son ami est architecte et qu'il habite à Yotsuya Sanshô-mé. » Je m'étais fait écrire les trois kanjis du mot *kenchikuka* (architecte) — 建 築 家 — et m'étais promené d'immeuble en immeuble autour du carrefour de Shinjuku Dori et de Gaien Higashi Dori. Aucun résultat, hormis la honte d'avoir l'air d'un mauvais espion. Je ne comprenais pas : elle m'avait laissé toutes ses affaires, son passe-port, son billet d'avion ; il faudrait bien qu'elle se manifeste si elle voulait rentrer à Paris ! Mais peut-être ne voulait-elle pas rentrer, peut-être avait-elle trouvé le bonheur au Japon…

Un jour, enfin, elle avait appelé. Je ne m'y atten-dais plus. Trois jours avant le départ ! Un appel très bref, sans un mot d'excuse ou d'explication. Elle avait dit : « Ne bouge pas, j'arrive. » J'avais répondu avec calme, comme si nous nous étions quittés la veille. Sans doute la surprise. J'avais passé des heures et des jours à préparer au mot près ce que je lui dirais si elle m'appelait et voilà, elle m'appelait et je ne trouvais à dire que « oui, bon-jour, c'est telle adresse, la chambre numéro tant ». Elle avait quand même ajouté : « Je t'expliquerai. »

Je ne sais plus ce qu'elle m'avait raconté, si

118

même elle s'était vraiment expliquée. Je me souviens seulement que j'avais tremblé pendant qu'elle arrivait, d'appréhension peut-être (si elle allait changer d'avis ! si elle ne venait pas !), de joie surtout. Et... Je ne sais si je peux le dire, je bandais. Je bandais comme je n'ai jamais bandé, rien qu'à l'idée que je pourrais bientôt serrer de nouveau dans mes bras ce corps... Ce corps jeune et chaud, tellement aimé. Et je ne sais plus comment cela s'est passé exactement, ce qu'on s'est dit ou pas dit. J'ai seulement le souvenir de ce désir fou et aussi de larmes. J'avais pleuré et elle aussi, je crois. Nous avions fait l'amour en pleurant. Voilà ce qui survit dans mon souvenir : une érection terrible et des larmes.

Lætitia, ma chère petite Læ perdue, retrouvée, reperdue...

XII

Il y avait eu pourtant de beaux jours. La mémoire est oublieuse du bonheur. Le plaisir d'amour est léger, sa légèreté s'envole. Il y avait eu le jour où elle m'avait dit : « Toi, tu n'es pas comme les autres » et tous ces jours où elle me disait, comme au terme d'une rapide confrontation intérieure avec une kyrielle de rivaux passés ou actuels : « Qu'est-ce que je suis bien avec toi ! » Il y avait eu le jour où, pour fêter le sixième mois de notre liaison, elle m'avait offert les *Essais* de Montaigne (que j'avais déjà trois fois, mais cette fois c'était l'édition Coste de 1725, elle avait emprunté l'argent à sa mère). Il y avait eu la nuit d'août caniculaire où elle m'avait réveillé en me suppliant de venir tout de suite avec elle sur le pont des Arts pour faire l'amour sous les étoiles, et nous l'avions presque fait. Il y avait eu l'après-midi où elle s'était foulé la cheville en courant avec moi dans le bois de Vincennes et où nous avions traversé cinq cents mètres de sentiers dans le fou rire, elle, accrochée à mon cou, claudiquant d'une jambe et moi, pour rire, de l'autre. Il y avait eu le douzième coup de minuit de la Saint-Sylvestre, quand elle m'avait couronné de gui et moi, déjà, je la déshabillais. Il y avait eu le week-end à Deauville... Il y avait eu ce voyage à Rome où, vers cinq heures, après la sieste, elle m'avait fait, au pied de l'escalier de Santa Trinità dei Monti, près d'un étal de fleurs, d'une voix grave et exaltée, une déclaration d'amour où elle liait nos deux destins jusqu'à la mort. Il y avait eu la nuit de Bologne, nous venions d'arriver avec la voiture, épuisés, altérés, nous avions bu du lambrusco, le vin rouge pétillant de Modène, au restaurant Diana, via Indipendenza, elle était grave, un peu pâle, dans la chambre les draps sentaient la citronnelle, elle n'avait plus ce sourire qui me jugeait toujours un peu, ce fut une des rares fois où j'aie délicieusement pu abandonner toute vigilance, cet empoisonnant souci de ce qu'elle pouvait penser, une des seules fois où j'aie songé confusément *nous*, seulement totalement nous, un seul être, plus rien à penser, à sentir que cela, notre peau corps visage unique, nous n'étions plus dans le présent ni dans le passé, nous flottions, dans le futur peut-être, suspendus, apaisés — au-dessus du temps.

Au-dessus et non hors du temps, comme cela m'arrivait souvent avec elle. Je veux parler de cette perte du sentiment du présent que j'éprouvais douloureusement quand nous faisions l'amour. Comme si ce bonheur-là avait été irréel et ne s'était pas suffi à lui-même. Je l'avais tant désiré, tant imaginé, et parfois depuis si longtemps, que c'était comme si ce qui avait enfin lieu n'avait pas plus de réalité que les fiévreuses prémonitions qui l'avaient précédé. S'y ajoutait sans doute la conscience du caractère fragile et éphémère de mon plaisir, l'appréhension du moment suivant, de l'instant si proche où ce bonheur serait passé. Par contagion, j'étais pour ainsi dire pénétré d'avance du sentiment douloureux que ce plaisir *venait* d'avoir lieu, qu'il était déjà consommé (il faudrait, pour bien dire cela, inventer un nouveau mode grammatical, mixte d'indicatif et de conditionnel, quelque chose comme l'irréel du futur prochain — un « cela, est déjà passé » au cœur même du « cela va arriver »). Le résultat était que j'avais l'impression de me dissocier de moi-même, de flotter au-dessus de nos deux corps tendus dans l'étreinte, occupés à leurs gymnastiques précises, et de les voir d'un autre temps, à la fois d'avant et d'après, comme un film qu'on a déjà vu dix fois et dont on connaît la fin. Et cela était amer, comme tout ce qui touche à la mort.

C'est pourquoi, si parfait qu'ait été notre accord érotique, si variées nos positions, si délicieuses les surprises que nous nous réservions (et d'abord celle de ne jamais rencontrer la lassitude et la monotonie, de découvrir que, comme une chanson qu'on trouve encore plus belle la centième ou la millième fois qu'on l'écoute, chaque caresse, si pareille aux précédentes qu'elle soit, si intimement connus l'un de l'autre que soient nos corps, puisse à ce point garder la fraîcheur et l'attrait de la première fois), mon bonheur n'existait vraiment qu'ensuite, non pas seulement dans la remémoration longtemps après, mais déjà, mais surtout, pendant les quelques quarts d'heure qui suivaient, dans la transformation qu'il opérait en moi et autour de moi.

Ce qui avait lieu alors, cette lente diffusion du plaisir dans mes veines, son irradiation dans chaque parcelle du monde alentour — la couleur du ciel, la douceur de l'air, la lumière de la rue, les visages que je croisais, les paroles que j'entendais en semblaient imprégnées —, c'était le retour, enfin, de la réalité et du présent, l'*incarnation* de mon bonheur et, bien plus que dans le moment — dans le fantôme de moment — de l'étreinte, la seule vraie preuve que j'en pouvais avoir. Et quelle preuve splendide ! L'amour, donné et reçu dans l'étreinte charnelle, rayonne ensuite tellement qu'il *ouvre*. Il est comme ce festin « où s'ouvraient tous les cœurs, où tous les vins coulaient » auquel Rimbaud compare l'enfance. Il dégage le cœur, la poitrine, fait oublier cette peau qui nous sépare des choses, il nous rend presque immatériel, nous met en prise directe avec le monde, au cœur du monde. « Quel air pur je respire ! » ai-je eu si souvent envie de chanter alors, comme le Faust de Berlioz après sa première nuit avec Marguerite. L'amour ouvre au monde, mais d'abord aux autres. Je n'ai jamais été si doux qu'après nos étreintes, prêt à tout pardonner, tout accepter, et de quiconque. C'est le moment où l'on s'efface élégamment, sur les trottoirs, devant les belles passantes, et même devant les moins belles. C'est le moment du sourire — et cette tendresse tiède qu'on a pour la terre entière, c'est comme si un ange empruntait un moment notre corps. Si j'ai jamais su ce que pouvait être la sainteté, du moins le désir d'être un saint, c'est alors.

Par contre cette perte du sens du présent, qui m'empêchait, malgré que j'en aie, de m'abandonner totalement, de jouer le va-tout du bonheur dans le centième de seconde où celui-ci advenait, est peut-être aussi ce qui m'a empêché de trop souffrir ensuite. Aucun moment ne m'est tout à fait actuel. Toujours une ombre l'offusque. Mais inversement, aucun passé n'est tout à fait perdu pour moi. Je parviens trop bien, en le ravivant moi-même ou en laissant le hasard le faire, à le rechanger en présent. L'un explique peut-être l'autre : c'est par épargne que je n'ai jamais pleinement vécu le présent, pour qu'il en reste quelques gouttes, quelque suc à exprimer plus tard. N'est-ce pas même parce que je songeais déjà aux plaisirs futurs de la remémoration, que j'ai accepté avec Læ toutes les souffrances d'une passion difficile ? Je me préparais ainsi un amour bis, filtré, débarrassé de ses impuretés et de ses échecs, un amour plus doux et plus beau que le vrai...

(Cruelle illusion, je ne cesse de m'en rendre compte.)

Pour ce qui est du temps proprement dit, de son train-train, de son épaisseur, j'ai peu à en dire, hélas. L'un envers l'autre, nous étions le plus souvent dans l'espoir, l'attente, l'appréhension, la fuite, le regret — toutes façons d'en refuser le cours — ou, comme à Bologne, dans l'extase, qui le nie. Quant à s'y conformer, s'y lover, l'habiter tout simplement, cela nous arriva très rarement. Ce qui est le plus commun dans les rêves d'amour et, après tout, dans tant de vies ordinaires — la douceur du quotidien, les journées sans grande aspérité, sans même rien de notable —, tout ce que les épicuriens ou les sentimentaux, Horace, Martial, Jean-Jacques, ont dépeint comme la vie modeste et heureuse, c'est cela, paradoxalement, qui nous manqua le plus. À peine si je revois trois ou quatre moments d'une certaine durée — deux ou trois longues soirées, un ou deux week-ends — qui pourraient entrer dans cette imagerie édifiante. Je la vois, dans les rares moments où elle acceptait de ne rien faire que lire, allongée, nue, en chaise longue sur une terrasse à Biarritz, tenant au-dessus de sa tête pour se protéger du soleil un livre de Colette et m'en lisant (mal, trop vite) des phrases qui lui plaisaient — ou me lisant le journal, des échos, des petites annonces dérisoires. Je la vois somnolant dans mes bras devant la télévision, où un documentaire animalier dévidait son lot d'horreurs : au début, elle réagissait, c'étaient des cris, des yeux exorbités, une feinte terreur entrecoupée de petits rires quand le lion déchiquetait la gazelle encore vivante. Puis elle s'apaisait quand on en arrivait aux crocodiles glissant comme des sous-marins, dormait franchement au moment des papillons et des libellules.

Au moins, avons-nous échappé aux échanges d'onomatopées de ceux qui n'ont plus grand-chose à se dire. Avec elle, c'était tout ou rien, la soupe à la grimace ou la plus vive fantaisie, même des repas chantés comme dans *Les Demoiselles de Rochefort*. Si elle était de bonne humeur — et c'est ce qui, dans nos relations, ressembla le plus au bonheur —, ses propos, même pour demander le sel ou apporter le pain, échappaient au prévisible : c'étaient des saillies, des fantaisies, des lubies qui avaient, en pleine semaine, la légèreté de propos de fête. Entre deux bouchées ou pendant que nous faisions la vaisselle, elle disait des choses profondes en ayant l'air de jouer, ne collait jamais tout à fait à son propos, y laissait de l'impalpable, du jeu, de l'air, de sorte que ses mots semblaient à ce qu'ils énonçaient comme la caresse à la peau : c'est sans doute ainsi qu'on se parle au paradis.

XIII

Il y avait eu le pire aussi, par exemple l'expérience faite un soir de ce que j'appellerais la rivalité
des fantasmes. Nous étions au lit, écoutant en sté-
réophonie *La Fille de Madame Angot* après avoir
fait l'amour. Soudain, elle avait dit, montrant ainsi
le peu d'enthousiasme que lui inspirait l'opérette
de Charles Lecocq : « Il faut que j'appelle Christelle », et elle avait téléphoné du lit. Entre ou par-
dessus les airs, je l'avais entendue parler de choses
et d'autres, puis demander : « Il n'y a pas eu d'appels pour moi ? — ... — C'est drôle, personne ne
m'appelle plus. On m'oublie. » Pendant qu'elle
parlait, je la caressais un peu, elle se laissait faire de
bonne grâce. « Bon, je vais te laisser », avait-elle
enfin dit à son interlocutrice. Et je me réjouissais,
pensant que c'était pour être plus à moi. Mais aussitôt le téléphone raccroché, elle était devenue réti-
cente, même hostile. Fermée, songeuse. Je m'étais
levé pour retourner le disque. Quand j'étais revenu

au lit, elle était silencieusement en train de se masturber, le regard fixe, et j'étais sûr qu'elle pensait à quelqu'un de précis. Sinistre concurrence. Alors, allongé à côté d'elle, d'elle qui était en vérité à des milliers de kilomètres de moi, osant à peine me frotter à sa peau et la caresser, j'en avais été réduit à prendre comme clandestinement ma part de jouissance. Quand elle avait eu fini, elle s'était levée, sans un regard pour moi, sans se soucier de l'état de mes propres *tribulations*.

XIV

C'est d'un œil aimant, presque ému, que je caresse aujourd'hui en passant ces vieilles maisons de Romorantin à colombages croisés, à toits d'ardoise, cette façade de chapelle aussi blanche et simple sous le soleil qu'une robe de communiante, cette tour couverte de lierre qu'on dirait faite pour la « librairie » de Montaigne, et surtout cette rivière, la Sauldre, dont le nom seul, que je découvre, semble annoncer à la fois l'assaut de l'eau qui va sourdre, la fraîcheur retombante des saules, l'ordre mauve des roses et le doux craquement du grain qu'on lui fait moudre dans les moulins qui la bordent.

Il m'arrivait de dire à Læ, quand nous traversions à pied, la nuit, des villes comme celle-là, une de ces villes encore inconnues de nous où j'avais réussi à l'attirer pour un jour ou deux, tandis que les façades ne renvoyaient que l'écho de nos pas : « Tu vois, tout dort, nous sommes les gardiens de la ville. »

Parfois, même, dans l'euphorie que nous donnaient une rue tranquille, un vieux quartier, qui semblaient à notre seule disposition, remis à notre seule vigilance, comme si nous en avions secrètement reçu les clefs, et dans l'attendrissement où nous plongeaient un jouet oublié sur le trottoir, une affiche annonçant un événement local — kermesse ou concours de belote —, une camionnette d'artisan encore emplie, en vrac, des outils et salopettes plâtreuses abandonnés au retour du travail, nous avions l'impression d'avoir non seulement charge d'âmes, au pluriel, de toutes ces âmes endormies et silencieuses, mais de l'âme même de la ville ou du pays, d'être les grands inspecteurs de la France, non à la façon de ces khalifes des *Mille et Une Nuits* épiant incognito leurs sujets, mais au contraire comme un couple présidentiel, aussi plein d'indulgence et de tendresse pour chacun de ses concitoyens qu'abstraitement épris du bien général, ou comme des directeurs d'école parcourant les dortoirs des pensionnaires au repos, presque comme des frères visitant secrètement leurs frères pour s'assurer que tout va bien pour eux.

Cette impression requiert le plus grand silence. Au premier noctambule titubant vomi par un bar, au premier camion de laitier dont le moteur ronronne tandis que son chauffeur en survêtement court déposer ses livraisons de bouteilles blanches,

elle se dissipe par enchantement et la ville rede-
vient étrangère.

C'est peut-être la giboulée de tout à l'heure, qui
a à peine éclipsé le soleil, l'air est maintenant pur et
doux. Je repense à Lætitia, à tant de moments heureux que nous avons vécus ensemble dans des villes
semblables à celle-ci, à ces heures du crépuscule, à
tant de choses que je n'ai pas encore eu le temps
d'écrire.

XV

Vers la fin de notre première période de vie commune, elle s'absentait de plus en plus souvent, ne prenant même plus la peine de mentir. Au début, je souffrais infiniment de découvrir, la nuit, des prénoms et des numéros de téléphone nouveaux dans son carnet — un carnet qu'elle laissait pourtant rarement traîner, c'était bien la seule chose qu'elle ne laissât pas traîner (j'en étais à faire son carnet, comme d'autres font les poches !). Ce n'était peut-être rien, des amis ou des amies de travail, rien de sexuel. Ou peut-être que si. Il y avait eu aussi, plusieurs fois, des cartes postales qui étaient arrivées pour elle, sans enveloppe, que j'avais donc pu lire (c'est presque toujours moi qui allais chercher le courrier sur le paillasson, où le concierge le déposait bruyamment chaque matin vers neuf heures, tandis qu'elle dormait encore) : des formules amoureuses sans ambiguïté y précédaient des signatures inconnues, masculines ou féminines. Mais j'avais fini par me faire une raison. Après tout, il avait toujours été entendu, au moins implicitement, que nous restions libres (« Combien de fois m'as-tu trompée cette semaine ? », me disait-elle parfois, après une séparation, comme pour m'absoudre, en réalité pour suggérer que l'inconstance était de l'ordre des choses possibles et se dédouaner, elle, d'avance) et j'avais fait, c'est vrai, mais infiniment moins qu'elle, des entorses à notre fidélité mutuelle. Je prenais donc sur moi, m'astreignais au pardon ou plutôt à l'amnésie, m'en tenais à cette considération de Valery Larbaud, qui est que la dupe a « toujours et partout le beau rôle ». Je fus un moment plus que dupe : je casquais. Son contrat dans je ne sais plus quel cabaret ayant été annulé de son fait, elle s'était retrouvée sans rien. J'avais proposé de l'aider. Elle avait d'abord refusé, voulait partir refaire sa vie à l'étranger, avec ou sans moi (« tu viens si tu veux », sous-entendu : sinon, je pars quand même !), mais j'avais tant insisté qu'elle s'était vite fait une raison. Le bonheur, pensais-je, n'a pas de prix. Je me répétais la terrible phrase de Miller dans *Sexus* : « Il n'est pas un de nous qui ne soit coupable d'un crime : celui, énorme, de ne pas vivre pleinement la vie. » Ce « pleinement » me paraissait justifier toutes les folies, tous les efforts. Je faisais souvent les deux mêmes rêves : je perdais mes dents, qui s'effritaient dans ma bouche et que je crachais

134

l'une après l'autre, ou bien je me retrouvais nu dans un paysage de neige. J'y reconnaissais une même fragilité, la sensation à la fois délicieuse et terrifiante d'être *exposé*, de braver je ne sais quel danger ou simplement la réprobation sociale. Tout le bonheur, pensais-je, est dans notre capacité d'aimer sur-le-champ de toutes nos forces, c'est tout ce qu'il nous restera plus tard, au moment de la nostalgie.

Pourtant, j'avais fini par m'épuiser. On ne porte pas seul longtemps un amour à bout de bras. Et l'un de ces remèdes à l'amour que j'avais si vainement cherchés à plusieurs reprises dans ma vie pour ne pas souffrir fit, maintenant que je ne le cherchais plus, son effet sur moi : il s'agit de la peur ou de l'impression d'étrangeté inquiétante que peut subitement nous inspirer l'être aimé. Deux ou trois semaines avant le moment où prend place ce souvenir, j'avais déjà eu la surprise de trouver, dans un sac de sport que je ne lui avais jamais vu, une paire de talons aiguilles, un collant résille et même un collier de cuir. Puis il y avait eu ceci, où ses dents jouent un rôle. Une nuit, la première que nous passions ensemble après une de ses disparitions de plusieurs jours, à un moment où je ne faisais que somnoler, quelle n'avait pas été ma surprise de sentir sa main chercher ma poitrine et, comme déçue de n'y trouver que la platitude de mes pectoraux, battre en retraite comme un petit animal craintif. Je m'étais retourné : sa respiration était régulière, elle dormait manifestement, ou quasi, je m'étais aussitôt dit qu'elle m'avait pris dans son sommeil pour l'être avec qui elle avait passé les nuits précédentes, cet être ne pouvant être qu'une femme. Mais la nuit suivante, j'avais été réveillé en sursaut par une vive douleur : tout en me pinçant la peau du sein jusqu'au sang, elle était en train de me mordre le tétin droit de ses belles dents du bonheur. L'avait-elle fait en somnambule ou éveillée ? en sachant que c'était moi ou en me prenant pour quelqu'un d'autre ? Impossible de savoir : j'avais poussé un tel cri qu'elle était évidemment éveillée quand j'avais rallumé. Elle n'avait donné aucune explication, était partie fumer une cigarette au salon. (Dans le genre quiproquo, elle était déjà allée assez loin le mois précédent me donnant plusieurs fois par erreur le prénom d'un de ses amis antillais, Denis ou Daniel : elle avait beau me jurer qu'il ne s'était jamais rien passé entre eux, c'était assez peu plaisant. Plusieurs fois, aussi, elle l'avait, à l'évidence, fait exprès.)

Mais enfin, ce sadisme buccal, joint aux mystérieux oripeaux de vamp de l'autre fois m'avaient aussitôt fait gamberger. D'autant qu'elle ne me demandait plus d'argent, qu'elle avait donc, sans me dire laquelle, trouvé une nouvelle occupation lucrative. Je l'imaginais soudain en « maîtresse », en Jeanne de Berg jeune et sauvage, et cela me fit froid dans le dos, car j'ai beau avoir une grande ouverture d'esprit et une indulgence infinie pour toutes les marottes sexuelles, je n'ai jamais trouvé le moindre attrait à la souffrance, à ceux qui jouissent de la donner ou de la recevoir. Sur ce qu'il en avait été réellement, j'ai eu beau l'interroger plusieurs fois beaucoup plus tard, je n'ai jamais rien su de précis.

Cette fois, c'est moi qui partis. Car le mal, le *noir* de cet amour ne vint pas toujours d'elle. J'y eus part. Mais à mon corps défendant. Je ne fus pour rien dans le changement d'humeur qui la rendit ce printemps-là de plus en plus violente. Le pire survint la veille du 1er mai. Elle était rentrée tard, avec une botte de muguet pour se faire pardonner. Elle me fit alors le récit de sa journée, où revenait un peu trop pour mon goût le nom d'un certain Bertrand, paysagiste, qu'elle avait aidé « à planter des arbustes ». L'expression, où elle mettait, selon son habitude, un rien d'ambiguïté et de provocation, me fit quelque peu ricaner. J'avais tort, car il s'avéra par la suite que Bertrand Tournier était homosexuel et qu'il s'était effectivement attaché ses services (telle était, en fait, sa nouvelle source de revenus : il l'engagea d'ailleurs peu après en bonne et due forme comme gérante d'une de ses boutiques). N'empêche, plus par jeu que par jalousie, je le désignai bientôt avec un zeste de

137

condescendance comme « son cultivateur de bon-saïs ». Que n'avais-je pas dit ! Elle explosa : « Il est dix fois plus riche que toi, minable ! », prétendant que je méprisais toujours ses amis, que je ne leur arrivais pas à la cheville et assortissant son propos de quelques injures choisies. Pour couronner le tout, elle empoigna le petit vase où j'avais placé son muguet et le jeta violemment contre le mur, où il se brisa en mille morceaux. L'un m'érafla la tempe. Puis elle sortit en claquant la porte.

Je devais lui annoncer ce soir-là mon départ pour un festival à Gênes, voire lui proposer de m'y accompagner. Étant donné ce qui venait de se pas-ser, je m'en abstins, même lorsqu'elle fut rentrée. Car elle rentra peu après : sans un mot, comme si de rien n'était, elle vint se coucher à mes côtés (se tournant cependant de l'autre côté et éteignant tout de suite sa lampe de chevet, ce qui voulait clai-rement dire que je n'aurais pas droit à un câlin, même rapide). Je lus ou feignis de lire encore un peu, puis éteignis la mienne. Très vite, ma résolu-tion fut prise : je partirais à la première heure, sans lui dire où j'allais.

La nuit fut courte, je dormis mal, je ruminais ses insultes comme autant de bouchées brûlantes qu'on ne peut ni avaler ni recracher. Je plongeais dans de brefs sommes, pleins de rêves confus, dont je me réveillais en sursaut pour regarder l'heure sur le cadran phosphorescent du réveil. L'un de ces rêves, au petit matin, fut sans doute plus profond et plus long. Quand j'en émergeai — il était un peu plus de sept heures —, le lit était vide. Aux bruits que je reconnus bientôt dans l'appartement, ablutions puis préparation du café (si elle évitait de claquer les portes, elle ne se mettait généralement pas en peine de feutrer ses gestes), je sus qu'elle était encore là, mais tout près du départ. Enfin, je l'entendis refermer la porte d'entrée. Je me levai pour aller en tapinois à la fenêtre observer sa sortie. Elle devait penser que j'étais encore endormi car, avant de disparaître au coin de la rue, elle ne leva pas la tête pour regarder dans ma direction et m'adresser le petit salut qu'elle faisait d'habitude quand elle partait la première.

Sans doute allait-elle aider l'autre à « planter ses arbustes ». J'utilisai ces termes mêmes dans le mot sec que je lui laissai. « Je crois que ce qui s'est passé hier résume bien la situation », y disais-je. Je parlais d'« incompatibilité manifeste » et de « conséquences à en tirer ». « Je les tire pour ma part, sans attendre », terminais-je, et c'était masochistement signé « le Minable ».

Quelques heures plus tard, après une escale à l'aéroport de Zurich, je débarquais à Gênes. J'y étais venu avec l'espoir de me « changer les idées » et, évidemment, je ne pensais qu'à elle. Que faisait-elle en ce moment ? Quand trouverait-elle mon message ? Comment y réagirait-elle ? Par quelle violence ou quel remords ? Quelle tête me ferait-elle à mon retour ? J'avais résolu cette fuite pour la punir, mais c'est moi qui souffrais. J'étais entré dans le cycle ambigu de la bouderie.

Ambigu et même — quel mot employer qui désignerait une arme blessant autant l'agresseur que l'agressé ? à double tranchant. Et en même temps contingent : un rien, un geste, et tout se serait arrangé ; il aurait suffi que je lui téléphone. Mais non, une petite voix têtue me suppliait de ne pas céder. Ou bien je cédais en esprit, sur le principe, mais remettais l'heure de le faire. Et quand j'avais fini par appeler, personne n'avait décroché. Elle n'était pas rentrée ou était ressortie. Avec qui ? La jalousie me redonnait des raisons d'être inflexible. Et ainsi le petit jeu cruel était relancé, je pataugeais un peu plus dans la souffrance.

Après une première rencontre avec les organisateurs, au cinéma Palazzo, je déjeunai seul dans une trattoria du port. Le *vino della casa* aidant, je reconnus ce qui se tramait en moi depuis la veille. J'avais déjà éprouvé ce chaud et froid de l'esprit, ce plaisir qui fait mal. Quand ? Un souvenir précis et brûlant me revint.

La première fois — la première fois, du moins, que la conscience avait accompagné l'expérience (mais l'expérience avait dû se produire maintes fois déjà et devait remonter à la petite enfance) —, ç'avait été avec maman, un après-midi d'été, à

140

Biarritz. Nous habitions encore près de Saint-Martin, nous avions un grand jardin. Je me vois dans le soleil avec ma sœur Élodie, jouant, courant. Une dispute avait éclaté. Maman était intervenue. Et sans doute m'avait-elle donné tort. Sans doute même avait-elle prononcé un mot un peu dur, « imbécile » ou « imbécillité ». Car ensuite, je me revois dans ma chambre, replié, barricadé. On m'appelle pour le goûter, je ne descends pas. Je pleure. Et soudain, cette boîte. Cette grande et belle boîte d'acajou que ma mère vient de m'offrir pour mon anniversaire. Elle y a inscrit, à l'intérieur : « À mon cher Éric. » Et moi, à travers les larmes, rageusement, rayant mon prénom et lui substituant, au feutre indélébile, le mot « imbécile ». Gâchant, souillant à jamais l'objet. Et allant le déposer symboliquement sur la table de la salle à manger, l'expulsant de ma chambre, où je me rebarricade aussitôt. Et maman, à travers la porte, tentant d'une voix douce de se faire ouvrir pour que je reprenne son cadeau et me consoler, et moi, cabré dans le malheur, refusant et pleurant de plus belle. Souffrant d'abord de ce petit malheur presque avec délectation car il est largement imaginaire (il suffirait de tourner la clé pour le faire disparaître), puis avec de plus en plus de douleur et de rage, car je suis en train, *par ma propre obstination*, de le rendre réel (maman va se lasser, je vais me retrouver seul), mais c'est plus fort que moi, je ne peux pas céder, elle ne peut pas s'en tirer comme cela, je fais monter les enchères, prêt à aller éventuellement jusqu'au drame. Plus le temps passe, plus je souffre, plus elle souffre, plus je souffre *parce qu'*elle souffre, sans me décider à mettre un terme à cette folie qui va tourner effectivement au drame (j'avais fini par menacer de me jeter par la fenêtre, il avait fallu appeler les pompiers).

Pourquoi ai-je parlé de délectation ? Où diable était le plaisir dans ce petit drame ? Il était bien là, pourtant, lui ou — quelque nom qu'on veuille lui donner — cette force incroyable qui me poussait à agir contre moi-même en même temps que contre maman. Contre moi ? En apparence seulement, s'il est vrai que nul ne peut vouloir délibérément son propre mal. C'est mon bien que je cherchais confusément dans tout ce mal. Mais lequel ?

Soudain, tombant via San Lorenzo sur une affiche du film où Pasolini dirige Callas et que redonnait mon festival, le nom de Médée m'apparut. Médée, monstrueuse et souffrante, meurtrière, par haine de leur père, de ses propres enfants : était-il figure plus emblématique de ce que j'essayais de saisir ? Car il y a un lien entre la bouderie et ce matricide. L'une en mineur, l'autre en tragique, c'est au fond la même guerre, une guerre qu'on se livre à soi-même en même temps qu'à l'autre, à soi-même pour faire plier l'autre, à l'autre que l'on souffre le beau premier de blesser, une

ait jamais à l'avance, de loin, où elles
image en abyme, par là, de Gênes
de conquête des mers et des mondes.
c'est là qu'est né Colomb, le saint
ux qui se trompent d'itinéraire. C'est
e au monde où l'on soit vraiment

t donc pas de lieu plus adapté à mes
m'assis sur le rebord de la fontaine
stai de longues minutes à penser à Læ.
la me fît un pincement assez désa-
œur, je n'étais pas mécontent de l'in-
ma disparition avait dû la plonger.
t si souvent fait autant ! Cependant,
de prendre mon mot au pied de la
ire rupture là où il n'y avait que boude-
le m'avait inspiré ces derniers temps de
ême de la satiété, je sentais, à cette bou-
sément, que je tenais encore infiniment
e boude bien que ce qu'on aime et par
encore plus aimé.
e — on ne l'a pas assez observé — la
l'effet paradoxal de renforcer la sujétion
i la déclenche. Elle est comme une bat-
ur qui se recharge. En éloignant de soi
ment, cruellement, l'être aimé, on le
s la distance du désir et de l'affection. La
renforce d'être mise en danger. Comme
omédies de Marivaux qui sont toujours si

guerre *par* et *malgré* son propre malheur, bref une
prise d'otage où l'on est soi-même l'otage, avec,
pour faire monter la pression et rendre le chantage
crédible, début de mutilation. Dans le cas de la
bouderie ordinaire, ce qui est mutilé, saccagé, c'est
la relation à l'autre dans sa forme la plus quoti-
dienne et la plus simple : la conversation. Je me tais
pour frustrer l'autre. Mais en privant l'autre de ma
parole, je prends le risque d'être privé de la sienne
et aussi du plaisir d'être écouté. Je me tais, je *nous*
tais. Arme à double tranchant, de fait. Simplement, comme dans les duels de la belle époque, on
s'arrête au premier sang. La rupture qu'installe ce
silence humide est mimée, non consommée. C'est
presque un rituel et l'on est au théâtre. On espère,
on sait que tout se terminera bien. On n'a symboliquement brisé le lien affectif que pour mieux le
renforcer. C'est un coup de poker : je fais mine de
tout perdre pour tout regagner et même pour rem-
porter bien plus que la mise. Retour aux ruses de la
petite enfance. Je m'attends toujours à être inter-
rompu par un gros câlin où l'autre — père ou
mère — prendra tous les torts à sa charge et ren-
grégera sur son affection.

Même chose dans les grèves de la faim et les
prises d'otage (dès lors du moins qu'on éprouve
quelque sentiment pour l'otage). À ceci près qu'ici,
l'arme est plus dangereuse. L'emportement du
chantage — ce terrible bras de fer — peut faire

143

dérailler la machine et changer la mutilation symbolique en drame réel. C'est le cas de Médée. Son crime est une bavure. Cette femme passionnée a très probablement averti depuis longtemps son époux. Si elle ne l'a pas fait explicitement, au moins, selon la légende, lui a-t-elle montré d'emblée de quoi elle était capable : pour aider à sa fuite, quand ils étaient plus jeunes et qu'elle l'aimait à la folie, n'a-t-elle pas commencé par égorger son propre frère, dont elle a semé les membres en chemin pour retarder ses poursuivants ? Mais Jason fait l'aveugle, la trompe, veut la quitter. Le gros câlin ne vient pas, le poker rate, l'épée à deux tranchants s'abat, il y a des morts. Deux enfants que leur mère va bientôt rejoindre, qui ne sont que l'acompte de son immolation. Car le crime passionnel est ici l'autre nom du suicide : les lois de la cité ou du talion étant ce qu'elles sont, en tuant, je m'expose à la mort. À plus forte raison si je tue l'être que j'aime et qui ne m'aime pas assez. En poignardant Carmen, Don José se livre au bourreau. Chantages qui tournent très mal. Dans la bouderie, je nous tais ; ici, je nous tue.

Sans atteindre à de telles extrémités, la bouderie qui m'éloignait de Læ allait plus loin qu'une bouderie ordinaire. Car ce que j'interrompais entre nous, ce n'était pas seulement la parole mais la présence. Et, quand la bouderie simple se rassure, dans ses pires moments, de ce que les deux prota-

144

gonistes demeur
comme nous cett
fois, cela ressemb

Tout à ces pa
m'en rendre com
place, au centre d
monde. D'ordinai.
dans un lieu, on le
en a se recoupent.
l'avais peut-être dé
depuis que je conr
des aventures, des s
tristesses. C'est là qı
conversation avec n
plus de quoi nous
c'était de choses es
qu'avec lui ou d'aut
boire l'*amaro* du soir
rencontré la première
Génoise avec qui j'a
deux ans plus tôt, que
l'actrice de mon premi
elle logeait. Et cependa
se rejoignaient pas. C'
téralement une plaque
n'arriverai sans doute ja
au reste de la ville, ou s
dinaux. Elle mène part
partent sont si bien cac

que l'on ne s
conduisent.
comme base
Après tout,
patron de ce
la seule plac
déboussolé.

Il n'y ava
malheurs. Jε
centrale et re
Quoique ce
gréable au c
quiétude où
Elle en ava
elle risquait
lettre et de l
rie. Or, si e
la peur et m
derie, préci
à elle. On
désir d'être

Et mêm
bouderie a
de celui qu
terie d'am
volontaire
remet dan
passion se
dans ces c

près de virer à la tragédie, on frôle alors ce moment terrible où l'on se met à aimer comme jamais quelqu'un qu'on est peut-être, par sa propre faute, en train de perdre à jamais.

J'abrégeai donc mon séjour. Quand je rentrai à Paris, plein d'appréhension et d'incertitude, j'eus une première surprise. Je sortais du métro Saint-Germain-des-Prés, vers quinze heures, pour regagner notre appartement, hésitant sur le coté du boulevard où sortir, puis choisissant le gauche, du côté de l'église, quand, au moment où j'atteignais la dernière marche, je vis Læ, à trente mètres devant moi, qui arrivait avec un jeune homme à cheveux blonds ! Le café L'Apollinaire me dissimula un instant à sa vue. Allais-je fuir ? Je poursuivis. Elle avait dû, elle aussi, me voir de loin. Car, quand elle fut à ma hauteur, elle n'eut aucunement l'air surpris mais souriait : « Une chance sur un million ! » commença-t-elle. J'avais pris, moi, sans trop le vouloir, un visage austère, et ne répondis que par oui ou par non à ses questions sur mon voyage. Elle ne m'avait pas présenté son compagnon, qui l'attendait plus loin. « J'y vais », lui dis-je enfin en désignant du menton mes valises. Elle parut dépitée. Au bout de quelques mètres, je l'entendis derrière moi qui criait : « Éric, je t'appelle ! » Elle n'avait pas été jusqu'à me suivre, mais le dialogue n'était pas rompu.

Je n'eus pas le temps de me tourmenter sur l'identité du blondin. À peine rentré, dans l'appartement bien rangé, je vis tout de suite les deux lettres sur mon bureau. C'étaient deux vraies lettres d'amour, les plus longues sans doute qu'elle m'ait jamais écrites. Dans l'une, datée du jour même de mon départ, elle s'accusait d'avoir été trop loin la veille et me demandait « très sincèrement pardon ». Dans l'autre, elle disait : « La maison est bien vide sans toi. Tu me manques énormément. Je garde l'espoir que tu reviendras très vite. Quand je suis ici, dans ces murs où nous avons été heureux (et j'y suis presque tout le temps), je ne pense qu'à toi. Peut-être cette séparation de quelques jours nous sera-t-elle bénéfique. Elle te permettra de voir si ton envie de me quitter est définitive. Elle me prouve en tout cas que je ne peux vivre sans toi. Je t'aime et pense à toi au plus profond de mon cœur. Ta petite Læ. »

Des différentes hypothèses que j'avais envisagées — parmi lesquelles, je dois bien le dire, le saccage ou l'incendie de l'appartement —, c'était donc la meilleure qui se réalisait. Du moins presque la meilleure, car je ne savais toujours pas qui était son blondinet (une simple connaissance, prétendit-elle ensuite). Elle téléphona peu après : « Tu m'en veux toujours ? — Presque plus. — Je t'aime, j'arrive. »

Tout reprit à peu près comme avant. Puis, trois

148

mois plus tard, il y eut Barcelone. À mon grand dam, nous n'y étions pas partis ensemble. Elle devait participer à un stage de danse à Lloret de Mar, une plage un peu plus au nord, puis me rejoindre. Ce funeste épisode fut comme le point d'orgue d'une série d'éloignements dans nos relations, plus de son fait que du mien, moi le prenant de plus en plus à l'ironie, et presque avec détachement. La nuit, par exemple, qui précéda son départ, rentrant à trois heures du matin d'un dîner de cinéastes (je l'avais prévenue que ce serait long !), j'eus la surprise de la croiser dans l'escalier. Elle sortait, pomponnée et parfumée. « Il faut que j'aille chez ma mère pour lui dire au revoir... » À trois heures du matin et parfumée ! J'éclatai de rire.

Non que je n'aie pas secrètement souffert, cette fois-là comme les autres. Mais, comment dire ? à la longue c'était déjà plus l'amour-propre qui souffrait que l'amour, ce qui est moins douloureux. L'amour, lui, quand il m'arrivait encore de chercher à savoir où il en était (comme on prend le pouls d'un malade), je le sentais de plus en plus ralenti, anesthésié, comme une vieille habitude ou même un souvenir.

J'arrivai le premier à Barcelone. J'avais retenu une chambre en haut des Ramblas, ces larges allées centrales où toute la ville déambule le soir. J'avais déposé ma valise et j'étais ressorti aussitôt pour profiter des dernières lueurs du jour. À certains endroits, la foule était déjà si dense — des Barcelonais mais aussi de nombreux touristes allemands, italiens, français — qu'on pouvait à peine passer.

Un peu en dessous, devant des rangées de gens assis qui s'en amusaient, un travesti, en robe à volants et coiffe andalouse, arpentait le ciment à grandes enjambées, pirouettant soudain sur lui-même et s'éventant frénétiquement dès qu'il remarquait un passant à son goût. Placée là en avant-poste, comme la vivante figure de proue du Barrio Chino, le quartier des plaisirs, la Sévillane me causa une impression étrange, non tant parce que son rouge éventail s'agita vivement à mon passage, qu'à cause de son regard, où se lisait à la fois la dure gravité du désir et je ne sais quelle inquiétante prémonition de violence.

Je rentrai un peu avant l'heure prévue. Les clés n'étaient plus à la réception : Læ était déjà dans la chambre. Elle m'ouvrit, nue, puis, sans même m'embrasser, alla se replonger dans la baignoire. Sa peau était bien plus noire qu'avant, sauf à l'endroit du slip. Apparemment qu'il avait fait très beau sur la Costa Brava et qu'elle n'avait pas abusé du soutien-gorge. Nous avons parlé un peu, elle disait qu'elle avait beaucoup de choses à me raconter, me désigna sur la table de nuit une photo où elle était avec ses nouveaux amis, des danseuses et des dan-

150

seurs, la plupart antillais comme elle, en particulier une certaine Sandra qui lui inspirait la plus grande ferveur. Bon. Je la rejoignis dans l'eau. Dans les contorsions que je fis pour la prendre, ma bouche collée à la sienne et ses jambes sur mes épaules, la bonde s'arracha et nous nous retrouvâmes assez vite à l'air.

Là où tout commença à se gâter, c'est après, quand je pris une photo d'elle. Elle ne s'y opposa pas franchement, mais son ton devint glacial, presque haineux. Elle se mit à parler de la semaine qui venait de s'écouler comme d'un vrai soulagement pour elle car je n'y étais pas. Puis elle se calma, s'endormit même dans le lit où nous nous étions traînés. Elle manquait manifestement de sommeil.

Au moment du dîner, elle se montra percluse de douleurs, de courbatures, enrhumée, « cassée » (selon son expression), sans humour. Elle n'avait, en outre, plus rien à se mettre (contrairement à ce qu'elle m'avait assuré, elle n'avait rien emporté d'un peu chic pour le soir : ses longs apprêts, ses robes de soie noire, ses chemisiers chers étaient pour Paris ou pour d'autres, pas pour moi). Nous allâmes manger dans un restaurant signalé par le Michelin, qui n'avait que l'avantage, étant loin et cher, d'être à l'abri des touristes. Il était même à l'abri des clients, dont nous ne vîmes que trois ou quatre tablées. Heureusement, en un sens. Car, pour accompagner les poissons grillés assez remarquables de la carte, me souvenant de la recommandation d'un ami mexicain, j'avais commandé du marqués de riscal. Fâcheuse initiative, car il faisait chaud, nous en bûmes beaucoup et cela me rendit vulnérable au plus haut point quand, à l'instant où je m'y attendais le moins, elle me décocha une phrase blessante (dont m'émut moins le contenu, énième broderie sur le fond de son vieux *jeunisme*, que l'intention agressive). J'eus donc la grande surprise de sentir les larmes me monter aux yeux sans pouvoir me retenir un tant soit peu, sans avoir même la présence d'esprit de me cacher derrière ma serviette ou de filer aux toilettes. Loin d'en être navrée, elle enfonça le clou : « Tu ne sens vraiment pas la différence d'âge entre nous ? », suggérant clairement qu'elle faisait *un effort* en vivant avec moi plutôt qu'avec un petit jeune de vingt ans. « Pourquoi fais-tu cet effort, alors ? » eus-je la force de murmurer. Elle répondit, comme elle l'avait fait en riant un autre jour déjà : « Pour la sécurité ! » (ce jour-là, elle avait même cyniquement parlé d'héritage !), ajoutant tout de même quelque chose de plus gentil dont je ne me souviens pas.

Le reste de la soirée fut moins calamiteux. Mais elle était au mieux atone, le plus souvent bougonne : je ne sais ce qu'elle avait fait pendant ses huit jours de stage, échauffements intensifs ? sauts périlleux ? courses de fond ? ce qui est sûr c'est qu'elle était fourbue et pas à prendre avec des pincettes.

Le lendemain matin, elle tint à sortir en short. Je dus m'estimer satisfait qu'elle ait accepté le polo que je lui prêtai pour éviter le T-shirt rose vif moulant qu'elle avait d'abord enfilé. (Car, à sa demande même, le programme comportait plusieurs visites d'églises.) Comme si, dans le prolongement de son agression d'hier (que je ne lui avais pas encore pardonnée : dans mon for intérieur je ne cessais de ruminer le mot « lâcheté » qui me semblait la résumer), elle avait pris un malin plaisir à accentuer tout ce qui dépareillait nos *looks* et faisait ressortir nos douze ans de différence.

Cela dit, une fois rendu un légitime hommage à la Sagrada Familia de Gaudí et au Tibidabo (où nous nous donnâmes des frissons en visitant une exposition de serpents venimeux), je l'emmenai sans tarder sur le port, dont nous entreprîmes la visite par mer. Il faisait si beau : il était impensable de n'être pas heureux ! Déjà, j'avais tout oublié, tout pardonné. Il me suffisait qu'elle tende doucement son visage au vent, les paupières closes, apaisée, presque souriante. Elle eut, même, un grand rire clair en me prenant la main pour descendre à terre avec moi, quand la navette du port nous laissa à l'heure du déjeuner près d'une guinguette. Ce petit geste me bouleversa bien au-delà du raisonnable, me remplissant de chaleur et d'attendrissement — du désir, plus que jamais, de continuer à vivre avec elle. Oui, « chaleur », car cela me faisait, littéralement, « chaud au cœur » — mais hélas, je le compris bientôt, comme le camphre ou la morphine, les calmants des situations désespérées, comme un baume sur une plaie de plus en plus ouverte et déjà mortelle.

Tout d'un coup, dans le modeste « self » du bord de mer où nous mangeotions quelques tapas, j'eus le malheur d'un geste qui la fit entrer dans une longue colère blanche. La bouche encore pleine de *tortilla*, elle allait boire mon eau minérale au goulot : j'avais retenu la bouteille du doigt et lui avais proposé un verre. Sans rien dire, elle avait commandé une autre bouteille, l'avait payée, était sortie. Je l'avais retrouvée assise sur des rochers qui dominaient la mer à pic. Après un long silence, elle s'était mise à parler d'une voix sourde. Elle allait, disait-elle, repartir immédiatement à Lloret de Mar où plusieurs de ses copains danseurs continuaient leur séjour. « Je ne suis à Barcelone que pour te faire plaisir, je ne te supporte plus du tout », etc. Elle saccageait tout, même le passé, arguant, contrairement à ce qu'elle m'avait répété alors et contre toute vraisemblance, qu'à la fin de notre précédent voyage, à Rome, « elle n'en pouvait plus ». Puis avait réapparu son nouveau leit-motiv, sur notre différence d'âge : ce qu'elle présentait elle-même naguère comme une chance était devenu un handicap, qui la dépréciait aux yeux de ses amies et à ses propres yeux.

Je ne répondis rien. Tout sombrait autour de moi, il n'y avait plus d'avenir, plus rien que cette mer qui clapotait à nos pieds. Je me vis un moment m'y jetant sous ses yeux, m'écrasant sur ces rochers coupants au bord desquels nous étions assis. Mais non. Nous restions là, côte à côte, en silence. Puis la parole revint peu à peu — d'abord des banalités, de courtes phrases neutres, ensuite des remarques plus enjouées sur l'horizon ou le vol des mouettes. Et, au bout d'un quart d'heure, j'aurais dû en être moins étonné ayant l'habitude de ses revirements, elle finit par me dire : « Tout à l'heure, mon petit chéri, c'était une plaisanterie, je ne le pensais pas ! » et elle m'embrassa. Nous restâmes un bon moment allongés au soleil, enlacés, presque nus. J'observai que ses épaules et le haut de ses seins pelaient. Cela me fit penser une seconde à ces serpents que nous venions de voir, qui se desquamaient et dont les peaux, en gardant leur forme, traînaient sur les branches. Je m'imaginais, de même, ne trouvant plus près de moi que sa peau, sans elle ! Je chassai cette vision malsaine, m'abandonnai enfin au soleil comme je ne l'avais pas fait depuis des années. Le bonheur remontrait son mufle — l'illusion du bonheur.

Pas pour longtemps. Car le soir même, après un dîner à Los Caracoles arrosé de ce terrible vin blanc espagnol, tout se brisa. En pleines Ramblas, un peu ivre, elle commença à me tenir par le cou d'un air exagérément affectueux, elle en rajoutait, jouait et, comme je ne souhaitais pas, contrairement à elle, rentrer tout de suite, elle devint soudain menaçante, prononçant à haute voix des injures. Je voulus la planter là et la laisser regagner seule l'hôtel, mais non : elle demanda que je la raccompagne jusque dans la chambre de façon que je dépose la clef en ressortant et puisse ensuite rentrer sans qu'elle soit obligée d'aller m'ouvrir. Bref, un caprice d'enfant gâté mais qui se transforma vite en *scène*. Car des pans de notre conversation du dîner revinrent par bouffées : elle m'avait alors reparlé un peu trop dithyrambiquement de ses amis de Lloret de Mar, particulièrement de la fameuse Sandra, ne niant pas vraiment qu'il ait pu y avoir *quelque chose* entre elles, et, à la faveur de cet entrechien-et-loup de la conversation où l'on peut, sous couvert de plaisanter, faire passer son humeur (c'était généralement la seule manière — elle me provoquait et je répliquais — que nous avions de communiquer un peu ; car c'étaient les seuls moments où elle m'écoutait), j'avais rétorqué : « Tu me parles encore de cette fille et tu fous le camp ! » Elle m'avait fait répéter, mais en riant, marquant ainsi qu'elle n'accordait pas plus que moi d'importance à cette menace. Mais ce « tu fous le camp » qu'en un an et quelques de cohabi-

tation je n'avais jamais prononcé (et que je ne pro-
nonçais, ce jour, qu'avec la distance conjuratoire
de l'humour) avait dû lui trotter dans la tête car,
peu à peu, l'ivresse aidant, elle en reparla,
s'échauffa, se monta la tête toute seule, et m'agrip-
pant soudain le bras à me briser l'os, les yeux
exorbités, se mit à hurler, en plein milieu des Ramblas, à l'heure — onze heures du soir — où il y a
peut-être le plus de monde : « C'est mon amie et
elle t'emmerde ! » et autres gracieusetés du même
acabit.

Des gens s'arrêtaient, de plus en plus nombreux,
ou passaient et repassaient pour ne rien perdre de
l'algarade (une touriste blonde à longs cheveux, en
pantalon rouge, vint, en particulier, au bras de son
mec, nous renifler à cinquante centimètres comme
on s'approche d'animaux en cage), ces péquenots
se gardant bien d'intervenir alors même qu'il était
de plus en plus évident que nous allions en venir
aux mains. J'avançais vers l'hôtel pour la calmer
mais elle ne se calmait pas et voilà : elle qui ne cessait de prétendre, comme j'ai dit, qu'elle avait une
sainte horreur du scandale, et moi qui en étais
curieusement moins gêné que d'habitude, peut-
être parce qu'il n'y avait personne ici qui nous
connût, étions en train de jouer l'acte II, scène I, de
La Mégère apprivoisée ! Je la raccompagnai jusqu'à
la chambre, y entrai après elle. Elle reprit ses hurle-
ments de plus belle : « On *le* laisse parler et *il* se

157

permet de faire des réflexions sur mes amis ! N'importe qui, dans un cas comme ça, je l'aurais *détruit* ! Même ma mère ! » Et là, au summum de la colère, elle donna un grand coup sur la porte de la salle de bains, puis un second plus fort encore et la porte se fendit légèrement. Depuis que nous étions dans la chambre, j'étais resté debout, immobile, le plus calme possible, ne cherchant pas à retenir ses gestes (car je sentais bien que le moindre contact physique la ferait entrer dans une hystérie incontrôlable), ne répondant rien, ou seulement : « Tu te trompes. On ne s'est pas compris » et, après ses coups contre la porte : « Calme-toi, je t'en prie ! » Et elle se calma soudain, vint se jeter dans mes bras, la tête sur mon épaule gauche, et resta ainsi plusieurs minutes, respirant de façon déréglée, pressée par des sanglots qui montaient mais n'éclataient pas, moi la caressant et lui murmurant : « Toute cette violence en toi ! » Puis elle se détacha de moi et me laissa sortir, non sans ajouter, d'une petite voix radoucie et même implorante : « Si tu peux me ramener une bouteille d'eau minérale... »

Assez secoué tout de même (tendant la main dans l'air tiède, je constatai dix minutes après que je tremblais encore), je marchai un peu au hasard dans le quartier désert de l'Universitat, fuyant longtemps les Ramblas où nous nous étions donnés en spectacle, avant de les retraverser pour passer sur la Plaça Reial où je m'assis à la terrasse d'un café. Tout allait décidément de mal en pis. « Tu dois m'apprivoiser », m'avait-elle dit une fois, aux premiers temps de notre amour. À l'évidence, je n'y étais pas parvenu. Je me dis froidement que le seul problème, avec elle, serait de trouver la manière de nous séparer qui occasionnerait le moins de dégâts, psychologiques ou matériels. L'idée de quitter Barcelone sur-le-champ me traversa même l'esprit. C'était la vraie sagesse, si sagesse il pouvait y avoir en pareille affaire. Il fallait trancher dans le vif, comme ces héros de Gustave Aimard piqués par un serpent qui, pour extirper le venin mortel, s'entaillent au couteau la partie du bras où ils viennent d'être mordus.

Mais c'était pire. J'étais plutôt un drogué qui a décidé d'*arrêter* et sent, au moment de passer à l'acte, un poids terrible peser sur tout son corps et le paralyser. À présent, c'était supportable — mais comme chez les opérés encore sous anesthésie : tôt ou tard la douleur, une douleur affreuse, poindrait. Je ne m'y sentais pas prêt.

Le spectacle de la place finit par me distraire. Des enfants traînaient encore, jouant à la balle ou à la marelle, malgré les jeunes pouilleux à mine patibulaire qui faisaient tout près la manche. Le plus attendrissant fut le passage lent et solennel d'une sorte de notable du temps de Franco, la cinquantaine, qui prenait le frais suivi de cinq femmes, toutes en robes de soie pareilles, au dessin près, femme, sœur, mère et belles sœurs célibataires sans doute, les premières deux par deux, la dernière seule avec son éventail. Ces cortèges ne se voient qu'en Espagne !

Je regagnai l'hôtel et me couchai dans le noir pour ne pas réveiller ma compagne à présent rentrée dans l'enfantine douceur du sommeil.

Le lendemain matin, elle me réveilla d'un long baiser sur la bouche en murmurant : « Excuse-moi pour hier. — Ce n'est rien, répondis-je. Le vin blanc ne nous réussit pas ! »

J'étais parti pour l'absoudre. En fait, le vin n'avait été qu'un déclencheur. En y repensant pendant qu'elle prenait son bain, je trouvai à sa violence des causes plus anciennes. Cela venait sans doute du fond de l'enfance, de je ne sais quelle humiliation qu'elle ne voulait plus connaître, et, plus profondément, peut-être, de la peur d'être abandonnée (ce qu'elle avait été un moment, sa mère l'ayant mise en nourrice). Il y avait eu aussi certaines privautés sexuelles qu'elle m'avait consenties avant le dîner et qu'elle avait peut-être voulu faire payer le prix fort.

Mais enfin, à présent, elle désirait visiblement se racheter, était adorable, me déclarant : « J'irai avec toi jusqu'en enfer ! — Contentons-nous du purgatoire », lui avais-je répondu.

Nous eûmes ainsi deux jours parfaits, du moins

160

paisibles. Le matin du troisième, je me réveillai le premier. Dans la glace, j'aperçus sous mon bras droit des traces violacées que je n'avais pas remarquées : effet, manifestement, de l'empoignade de l'autre soir. Elle m'avait tant serré qu'on distinguait même la forme de ses doigts. Je décidai de la laisser dormir et d'en profiter pour aller acheter des billets pour la corrida de l'après-midi.

Quand je revins, il n'y avait plus personne dans la chambre. Ses affaires avaient également disparu. Je téléphonai à la réception. On me dit qu'une jeune femme *muy guapa** était venue chercher la señorita, qu'elles avaient commandé un taxi pour Lloret de Mar et étaient parties il y avait tout juste un quart d'heure.

À peine si je pâlis un peu. Je fus frappé de mon calme. Comme si, dans mon subconscient, j'avais déjà clairement prévu cette issue. Je ressortis, descendis les Ramblas, puis, un peu au hasard, pris le funiculaire pour Montjuïc. Je m'arrêtai au jardin Miramar, à flanc de colline, et là, restai allongé sur l'herbe pendant une durée que je ne puis évaluer. Les yeux perdus dans l'azur, je revoyais en détail le passé récent, tentais d'envisager avec précision le futur prochain. C'était un futur sans elle.

Pour la première fois, elle s'éloignait sans que je lui coure après et sans que j'en souffre. Une dispa-

---

* Très jolie.

rition qui soulage et qu'on accepte : c'est ce qu'on appelle une rupture.

Je me relevai brusquement et descendis à pied jusqu'à la Grande Poste. De là, j'envoyai à Lloret de Mar un télégramme adressé « à Mlle Lætitia Olivier, danseuse », à qui je souhaitais « bon vent », et disais que ce n'était plus la peine de revenir, que nous ne nous reverrions jamais.

Puis je déjeunai d'un plat de ces merveilleux petits poulpes aillés qui sont la fierté de la cuisine catalane, l'accompagnai de force vin blanc, et rentrai faire la sieste à l'hôtel. Dans la glace, avant de sombrer dans un épais sommeil, je découvris sur ma tempe gauche mon premier cheveu blanc.

Je fus réveillé par une douleur au bras. Je me massai en pensant que j'allais y passer, que cela tombait bien. La tonalité de l'après-midi était donnée. À l'euphorie (« je suis libre ! » « je ne souffre pas ») succédaient une violente amertume et la rage. Mais loin de les refuser, je les acceptais comme une aubaine. Je pensais depuis assez longtemps que si je me tirais un jour de ses griffes — c'est-à-dire des griffes de la passion —, ce ne serait pas l'effet de la raison, a peu près impuissante depuis le début, mais de la lassitude naturelle du corps qui n'en peut plus de souffrir ou de l'ego qui n'en peut plus d'être bafoué. Ce travail s'était fait dans les profondeurs, presque à mon insu — comme le printemps, longtemps tapi sous le gel et

162

dans les branches mortes, irrigue soudain tout de sa sève et fait éclater ses bourgeons. Elle avait été trop loin, avait fatigué mes fibres, j'étais sauvé.

Mais en même temps m'apparaissait ce qu'il y avait eu de préméditation, cette fois, dans sa trahison et cela me rendait blanc de rage. D'abord, cette chanson qu'elle ne cessait de fredonner le dernier jour — qu'elle avait même eu le cynisme de me faire chanter un soir à l'unisson avec elle — et où le mot « danse » revenait vingt fois, comme un insolent avertissement crypté. Puis le portier de l'hôtel m'avait révélé, avec l'empressement gourmand dont est capable ce genre d'individu attaché à l'infortune des autres comme la sangsue au fiévreux, que la jeune *guapa* avec qui elle avait filé était déjà venue une fois à l'hôtel en mon absence — quelques heures précisément avant l'algarade des Ramblas.

Cinq heures approchaient. Je décidai d'utiliser tout de même un de ces billets que j'avais pris pour la corrida, cela me distrairait. Cela me rendit plus malade encore. Je vis d'abord sans broncher et même avec un certain plaisir ces parades rutilantes sous le soleil, rythmées de musique acidulée, puis ces passes d'armes, ces poses de banderilles et surtout la virtuosité de voltigeur des *rejoneadores*, qui affrontaient le taureau à cheval, armés d'une courte pique. Quant au long pas de deux du toréador avec sa bête, ce règlement de comptes entre deux paires de couilles, j'étais indisposé par ce qu'il avait de désagréablement machiste. Curro Cruz ou Morenito de Maracay (tels étaient leurs noms) avaient pourtant belle allure dans la lumière.

Mais la quatrième course fit apparaître l'envers odieux de ce décorum baroque. D'emblée le taureau se cassa une patte. L'os sortit carrément des chairs. L'animal continuait à courir, cependant. Le public siffla, siffla de plus en plus fort au fur et à mesure que le malheureux marchait — *claudiquait* — à la mort. Après quelques passes de *muleta*, insensible à l'horreur de la situation, le toréador se mit en position pour l'estoquer. On hurla. Il le manqua : c'est-à-dire que l'animal courut encore de longues minutes avec son os à l'air et une demi-épée en plus dans l'échine. Je faillis vomir. Je m'enfuis. Je rentrai à pied de la Plaza de Toros, le long de la Gran Via, comme un somnambule.

Je ne dînai pas, ce soir-là — ou des quelques tapas qui accompagnaient les verres de *vino tinto* dont je faisais libation dans chaque bar. J'étais entré sans m'en rendre compte dans le Barrio Chino. La nuit était tombée. Toutes sortes de créatures, jeunes ou défraîchies, jaillissaient du fond des ruelles, se détachaient sur les façades, faisaient des signes. Je répondais aux invites par des refus de plus en plus souriants, de moins en moins nets, presque des caresses parfois. J'offrais des verres, on m'en offrait — notamment, vers une heure du

164

matin, un jeune Noir, antillais ou haïtien. Il me parut sympathique. Il ne parlait pas français, mais mon espagnol, quoique empâté par l'alcool, était de plus en plus vaillant, même hardi — quoique sans doute très atypique. Bientôt il m'entraîna dans une série de petites rues et de corridors, dans un escalier où, sans lui, je serais tombé dix fois, puis me fit entrer dans une chambre assez sordide. Aussitôt il alluma une radiocassette, on entendit un tango, des chansons argentines. Je m'étais affalé sur le lit défait. Je compris mieux ce qui se passait quand je le vis uriner dans le lavabo puis se déshabiller. Il était assez grand et musclé. Il s'allongea près de moi, il me regardait en souriant de ses dents très blanches, je sentis son haleine sur ma joue. Sa peau ressemblait à celle de Læ, même grain, presque aussi douce, j'avançai la main pour effleurer les muscles de son bras. Il souriait toujours. Mon visage était tout près du sien, je le regardais dans les yeux, disant des phrases définitives sur la vie. Je ne sais combien de temps se passa ainsi. À un moment, il me prit la main et l'approcha de son sexe, qui durcit. Je continuais de le regarder dans les yeux. Il me demanda pourquoi je ne me déshabillais pas. Je fis un geste qui voulait à la fois dire « à quoi bon ? » et « je n'y arriverai pas ». Il me retira ma chemise, sans que je l'en empêche. Puis il se releva pour préparer un joint. Il approcha son briquet du morceau de cannabis. Les bords mirent du temps à rougeoyer et à fumer.

Ensuite, il y a un vide, je me revois couché sur lui, le menton sur son épaule, on entendait une chanson indienne lancinante de Ravi Shankar, il se dégagea doucement et me demanda de l'argent. Je me suis levé en titubant, j'étais complètement nu, j'ai farfouillé dans mon portefeuille, ai trouvé un billet. Il a dit : « Cherche mieux. » Le ton était menaçant, j'aurais pu m'inquiéter, mais non, j'avais cette assurance que donne l'ivresse — ivresse que je ne cherchais plus à dissimuler ; au contraire, je m'y abandonnais, en amplifiais les effets, elle était mon salut. J'ai pris des pièces dans la poche de ma veste, les ai laissées tomber une à une sur le drap du lit, comme sans les voir, comme irresponsable et inconscient de tout. Puis je me suis assis sur le lit, j'ai recommencé à parler, quelques sentences brèves, j'étais invulnérable mais ce n'était pas seulement par feinte : jamais je n'avais aussi intensément conçu l'inimportance de vivre, la possibilité froide de disparaître. Et mon compagnon ne pouvait pas ne pas le sentir. Le mot qui aurait convenu quand je me suis tu en le regardant avec tant d'intensité qu'il en parut ébranlé était « détresse ».

Il soupira, comme un qui s'est fait avoir, mais sans plus, ramassa les pièces, soigneusement : puis se remit à sourire. Je me suis dit alors : « Il est très

bien, ce type » et aussi (tout en me rhabillant) :
« Chacun son tour, il n'y a pas que Læ qui aille
avec des gens du même sexe, c'est bien plus facile
au fond, ça lui apprendra. » Mais non, ça ne lui
apprendrait rien, cela n'avait aucune espèce d'importance, et d'ailleurs elle ne le saurait pas, ne saurait plus jamais rien de moi, c'était fini, c'était
désespérément fini.

XVI

Je rentrai aussitôt à Paris. Cela m'aida. La savoir
loin de moi m'apaisait. L'éloignement géogra-
phique venait en quelque sorte figurer, parachever
et justifier a posteriori l'éloignement sentimental.
« Chaque être dans sa nuit... » Elle était retournée
dans sa nuit, voilà tout. Je la voyais comme lorsqu'elle m'avait faussé compagnie au Japon : une
petite figurine lointaine et floue dans l'obscurité.
Ce qui m'avait jusque-là tant fait souffrir, à l'inverse, c'était cet effet que j'avais constaté au fur et
à mesure que nous nous fréquentions davantage :
plus je m'approchais et plus elle m'échappait. Plus
j'étais le nez sur sa vie et plus celle-ci devenait
opaque, imprécise, semée de nouvelles zones
d'ombre, de gouffres supplémentaires plus profonds que ceux qui venaient de s'éclairer un peu —
de la même façon que, dans ces films d'images
fractales ou ces vues de la terre prises d'un satellite
où l'on plonge à toute allure sur des formes qui

grossissent, chaque tache dont on se rapproche, loin d'être un *terminus ad quem*, le mur, le roc où va s'arrêter définitivement le regard, apparaît au contraire comme un lacis de nouvelles taches mystérieuses qui demandent à leur tour à être grossies et analysées, et qui vont livrer d'autres méandres à suivre, à décrypter, et cela sans fin, vertigineusement.

Ainsi, à présent qu'elle était sur la Costa Brava, à plus de mille kilomètres de moi, je n'avais qu'une idée vague de ce qu'elle pouvait bien faire à tel ou tel moment de la journée, mais ma curiosité était également vague. Je me contentais de trois ou quatre images imprécises, sombres ou blafardes, à demi abstraites, des pictogrammes, presque : le pictogramme de Læ étendue sur le sable d'une plage, le pictogramme de Læ mangeant une paella avec des amis, le pictogramme de Læ dormant ou — certes plus sulfureux et plus douloureux — celui de Læ dansant dans une boîte de nuit. Mais quand elle était à Paris, tout près de moi, quand nous vivions ensemble et nous voyions chaque jour, c'est alors que la moindre absence suscitait des visions précises et des inquiétudes aiguës, à n'en plus finir — surtout quand, en disant vrai par cynisme ou en mentant par cruauté, elle laissait entendre que sa disparition avait des raisons sexuelles. Quelles images brûlantes, alors, et détaillées, distinctement éclairées (loin de la pénombre des quasi-pictogrammes), mouvantes, agitées même ! Quels fantasmes ! Chaque indice nouveau découvert par hasard, chaque précision apportée le lendemain dans les récits véridiques ou imaginaires de la fautive ne faisait qu'enrichir l'aveu de nouveaux mystères, la fresque de nouvelles zones d'ombre, la souffrance de nouveaux élancements et de brûlures inédites. Cet éloignement paradoxal dans la proximité tenait sans doute à sa psychologie particulière, à une duplicité, un goût de la cachotterie, une mythomanie *idiosyncrasiques*. Mais elle n'était ainsi, je le crains bien, que l'image à peine un peu caricaturale de la plupart des êtres, même réputés les plus simples et les plus transparents. La connaissance d'autrui est un vain vertige, un leurre sans fin.

Dans ces premiers temps sans elle, *débarrassé* d'elle, je n'en étais pas, avouons-le, à de telles élucubrations. Je me contentais du soulagement que m'apportait cette séparation, qui était grand. Sortir d'un couple et redevenir un être unique, c'est s'alléger au moins de moitié. Comme on respire mieux, comme on est libre, comme on est plus jeune !

... Jusqu'à ce que la nuit tombe, qu'on se retrouve seul, deux fois plus lourd, dans un rapport fatigué au temps. L'un des effets les plus immédiats de ma rupture avec Læ fut que je me remis à vieillir. On a l'âge de ce qu'on aime. Sa jeunesse m'était miroir, ce miroir était brisé. Malgré moi, je me retrouvai bien vite avec ceux ou celles de mon âge — infiniment mieux élevés, plus cultivés, plus raisonnables, plus fiables et plus aimables, mais de tels éteignoirs, souvent !

En fait, l'observation vaut pour toute rupture, même entre gens du même âge. Être abandonné par quelqu'un — car j'avais beau avoir télégraphié solennellement mon adieu définitif, c'est moi qui étais *plaqué* : je n'avais rompu qu'à mon corps défendant étant, face à la traîtresse, comme la France et l'Angleterre en 1939 face à l'Allemagne, contraint de déclarer une guerre que je n'avais pas voulue —, être abandonné, donc, c'est, dans tous les cas, voir soudain réduite sa part de temps ; c'est passer du soleil à l'ombre, entrer dans un long refroidissement, être laissé sur le bas-côté de la route, tandis que la vie et son cortège poursuivent ailleurs leur allègre chemin. L'avenir se rapprochait, il était presque à ras du présent. Quand ils se superposeraient exactement, ce serait la mort. On n'en était pas là, je ne sentais pas encore sur ma peau son haleine glacée, mais le fond de l'air était plus frais.

Un ressort, en tout cas, était brisé. Moi qui me flattais auparavant de mon volontarisme, qui jouais les sartriens toujours libres et choisissant leur destin, j'étais retombé dans une espèce de fatalisme mou. Empêtré d'un corps que l'abandon de

171

Læ avait rendu à ses pesanteurs, à ses immobilités, à ses graisses, et d'un appartement étouffant jusqu'à la thrombose de livres et de poussière, je n'avais plus d'élan. Je vivais au ras des heures, m'attachant à des riens pour tenter de rebondir tout de même. Ainsi, tel jour, reprendre pour le producteur Dahan un projet de court métrage sur la mort de Murnau, tel autre classer mes vieux *Hara-Kiri*, tel autre recoudre les ourlets d'un rideau du bureau, qui pendouillaient comme des guenilles.

Je dormais mal. En plus, comme le dernier jour à Barcelone, le cœur m'élançait, le bras gauche un peu aussi. Je prenais de l'aspirine, avec cette conviction naïve que cela clarifie le sang et évite les caillots fatals. Je n'avais pas envie de mourir, surtout maintenant que je pensais que cela ne lui ferait rien.

(Cependant, je n'avais pas grande envie de vivre non plus.)

Au moins, je me louais de ne pas trop souffrir. Comme elle ne me donnait aucun signe de vie, ce n'était pas trop difficile — bien moins, en tout cas, qu'à ses premières disparitions. Bref, je ne voulais pas triompher trop tôt, mais, cette fois, la guérison semblait proche. En vérité, j'étais dans la suavité de cet état intermédiaire, entre passion et indifférence, que décrivait un de mes amis sémiologue comme l'état d'esprit idéal du chercheur : dépris de quelque chose (le cinéma, dans son exemple) après en avoir été très épris, et l'étant encore assez pour comprendre intimement la passion défunte ; entre connaissance de l'intérieur et connaissance de l'extérieur, intuition et intelligence, empathie et raison.

Jamais, de fait, je n'ai tant écrit sur ce qui m'arrivait. Jamais non plus je ne me suis senti aussi « humaniste », y compris avec celle que je persistais à considérer comme l'incarnation de la perfidie. Puisque nous sommes humains, tristement, imparfaitement et *mêmement* humains, me disais-je, elle ne peut pas m'être tout à fait étrangère. Même atrophié, émondé, rejeté ou mourant, je dois bien trouver en moi l'élément analogue (ou analogique — comment faut-il dire ?) à celui qui l'a rendue perfide. Chacun de nous est une partie de l'autre, un pont vers l'autre. Ceci pour dire que je voyais bien comment elle m'avait trahi, froidement trahi, et que j'allais jusqu'à la comprendre. C'est-à-dire que j'arrivais à me mettre dans sa peau et à sentir, presque de l'intérieur, comment on peut trahir sans s'en rendre compte, sans se le dire (se le dire vraiment), sans employer le mot, en se donnant toutes sortes de raisons, bonnes ou mauvaises, en décrivant cela autrement, en regardant ailleurs, en oubliant vite (l'amnésie, oui, très important, très purifiant ! — Læ était la reine de l'amnésie). Comment on peut trahir sans se sentir traître. Et même, avec un peu de métier, en allant jusqu'à se persuader que c'est l'autre qui l'est.

Mais ces belles considérations n'eurent qu'un temps. Il se passa ce que je redoutais tant quand j'hésitais à rompre : l'anesthésie prit fin, le mal, sous toutes ses formes, resurgit cruellement, comme un jeune Hercule terrible et fort. Il y avait, d'abord, tout ce qui me la rappelait ou qui rappelait notre histoire. Objets, rues, restaurants, pays étrangers où nous étions allés ensemble, amis communs, projets, tout me ramenait à elle, tout faisait pour moi du monde une cage aux multiples barreaux que je ne cessais de heurter, qui m'endolorissaient de toute part. Banal travail de deuil, certes, que je connaissais déjà.

Mais surtout il y avait tout le mal qu'elle m'avait fait, que j'avais refoulé jour après jour et qui remontait d'un coup à la surface, mensonges, lapins, méchancetés, trahisons, comme d'horribles fleurs de papier qui se déployaient maintenant tout à leur aise. Les notes ou les photos que je retrouvais relayaient les données de la mémoire. Et ainsi je me promenais dans notre passé comme le résident d'une demeure qui a été cambriolée et saccagée : il *voit* chaque meuble, chaque livre, chaque bibelot brisé ou qui manque, il se remémore ce qui était là et qui pourrait, qui *devrait* y être encore, à chaque fois c'est une douleur particulière et complète, et, lentement, sourdement, il sent la colère monter en lui.

Je ne faisais rien, cette fois, pour la contenir. Au contraire, puisque je ne pouvais m'empêcher de penser à Læ, je m'en aidais pour y penser de façon négative. Ce n'était pas difficile, il suffisait de laisser l'amour-propre prendre le pas sur l'amour. Que de griefs, alors, que d'amertume ! D'abord, je ne supportais pas que, non contente de m'avoir trahi, elle n'en éprouve aucun remords. Comme elle avait bien lu ma lettre ! Comme elle avait aisément obtempéré à l'interdiction que je lui faisais de chercher à me revoir ! (Dans certaines rêveries, je la voyais au contraire accourant à Paris, m'attendant des heures devant ma porte avec un cadeau, me suppliant à genoux — tu parles !) Comme elle s'était vite accommodée de cette situation, à croire qu'elle n'attendait que cela ! Mais, de son côté, elle devait bien constater que je m'en étais accommodé aussi ! Et ainsi la rupture révélait sa vraie nature, qui est de ne laisser personne intact, d'être un double marché de dupe, un aveu d'échec collectif, voire (comme je le suggérerai plus loin) un péché *général* contre l'humanité.

D'où ce triste dégrisement que j'éprouvais et qu'elle devait éprouver aussi. Une rupture qui dure, c'est pour chacun des amants la découverte en miroir de son imperfection. Si elle qui « ne pouvait vivre sans moi » et moi qui « ne pouvais vivre sans elle » nous nous passions si aisément l'un de l'autre, c'est que l'amour n'était pas si fort, que nous n'étions pas si *aimables*. La rupture avait forcément des causes. Or pour les trouver, sauf improbable sainteté de l'un ou totale perversité de l'autre, il fallait entrer dans le quantitatif, peser, mesurer, relativiser. Et abaisser. Le « seul être au monde » reprenait place dans le troupeau, l'être le plus cher ne l'était plus qu'au sens où il nous avait coûté, la bouteille à demi pleine devenait à demi vide. Il fallait parler défauts et limites, voire petitesses, on rentrait dans la triste finitude humaine.

Une autre tristesse — mais celle-là, je l'en rendais volontiers seule responsable —, c'était que nous étions passés à côté de quelque chose d'important. Avec elle, si elle l'avait voulu, au cinéma ou ailleurs, nous aurions été les rois de Paris. Je lui en voulais de tout ce qu'elle avait empêché d'éclore. Elle n'avait pas été digne de moi, je veux dire de nous. Même cette maison de campagne que nous envisagions parfois si passionnément d'acheter, qu'avait-elle fait pour la trouver vraiment ? Avait-elle seulement cru à notre liaison ? Elle avait toujours biaisé, toujours été peu ou prou dans la félonie (me disais-je sans reculer devant les grands mots).

Ce qui me faisait le plus mal, pourtant, c'était de me dire qu'après tant de mois de vie commune il n'y avait rien eu en moi qui la retienne, la fascine ou l'émeuve, qu'elle avait pu me jeter froidement comme un vieux linge ou un ticket périmé. Inversement, elle avait beau avoir d'énormes défauts, une cruauté sans pareille, si elle avait continué de faire, même au minimum, ce qu'il fallait, je serais encore à sa dévotion et, vaille que vaille, quitte à ramer pour deux, en serais toujours à tenter de tirer notre histoire vers le durable — et même vers un semblant d'éternité.

On en arrivait ainsi au dépit — qui est, avec le regret du plaisir sexuel qu'on n'aura plus, l'aspect le plus cuisant des ruptures. Les amis jouent ici un grand rôle — ceux qu'on appelle les amis communs. Les nôtres, peu importait qu'ils aient d'abord été les siens, comme Christelle, ou les miens, comme Laura ou Pierre : incroyable comme, du jour au lendemain, avertis par je ne sais quelle intuition ou quel sinistre indice que j'aurais laissé passer sans m'en rendre compte, tous ces bons apôtres qui me parlaient habituellement d'elle, qui me tiraient sans cesse les vers du nez à son propos, se mirent à ne plus m'en parler du tout, comme si elle n'avait jamais existé ou comme si j'avais été de ces pestiférés ou de ces drogués à qui il vaut mieux ne pas parler de leur mal. Discrétion ? (Mais pourquoi seulement maintenant ?) Peur de m'être désagréable ? (Mais ils auraient tout autant dû penser à être secourables, à savoir si je tenais le coup !) Lâche refus de se mêler d'une affaire où l'on risque de commettre des impairs, voire de prendre des coups ? Ou est-ce que *nous* ne les intéressions plus ? Puis certains, qui n'étaient pas au courant, continuèrent à me demander de ses nouvelles ou à faire son éloge — ce qui s'appelle « gaffer » — et surtout à me livrer sans le vouloir de fraîches informations sur elle. Et ainsi j'apprenais cette chose incroyable, *insupportable* : elle continuait à vivre — à respirer, à sortir, à rire, qui sait à être heureuse, *sans moi* !

Le dépit se changeait très vite en humiliation si des noms étaient prononcés — celui de cette Sandra qui était venue la chercher à Barcelone et avec qui, paraît-il, elle visitait longuement l'Espagne, ou celui du marchand d'arbustes. « Ces salopes, ces salopards qu'elle a osé me préférer ! »

Deux amis, Donnard et Pierre, auprès de qui je m'en étais ouvert (l'expression est juste : on laisse un peu involontairement les plaintes sortir de soi, comme des soupirs ou une haleine, bien plus qu'on ne les articule clairement et lucidement), m'encouragèrent plus ou moins à me venger (contresens désinvolte des amis donneurs de conseils qui, dans ces tristes occasions, en sont toujours plus ou moins aux petits plaisirs de la stratégie amoureuse quand nous *souffrons*, tout simplement, de ce qui n'est pour nous ni une guerre, en dentelles ou pas, ni même quelque chose où l'on puisse quoi que ce soit). Je récusai l'idée avec indignation.

Non que des humeurs malsaines n'aient un peu poissé mes sentiments. Par exemple, quand je me persuadais d'avoir été définitivement remplacé dans son cœur (du moins dans son lit), le secret espoir que celui ou celle qui m'avait succédé soit beaucoup moins bien que moi et la fasse assez vite me regretter. C'était oublier, hypothèse atroce, qu'elle pouvait avoir changé et, justement grâce à son histoire avec moi, être devenue plus indulgente et plus douce ! Auquel cas, ce serait le comble de l'injustice : qu'à cause de tout ce que j'avais subi sans me plaindre elle s'accommode désormais de quelqu'un qui ne me vaille pas !

Mais souhaiter qu'on *en bave* et qu'on nous regrette n'est pas se venger. La vengeance m'a toujours paru un sentiment bas, archaïque et indigne. Le seul affect réparateur que je m'autorisais était cette rêverie de justice immanente qui hante les amoureux éconduits. La victime, drapée dans sa triste dignité, n'intervient pas, attend, espère *(entrée des violons)*. L'ancien bourreau (ou, comme ici, la bourrelle), saisi(e) par la grâce, tombe à genoux et s'écrie, les yeux au ciel : « Mon Dieu ! qu'ai-je fait ? J'ai torturé un saint ! Lui seul était bon, était grand, m'a rendue heureuse, etc., etc. » *(les violons redoublent, la clarinette et le pipeau s'y mêlent)*. À défaut de grâce, denrée spirituelle fort rare, ma vanité s'arrangeait pour lui inventer de l'admiration (denrée pourtant à peu près aussi improbable) : je faisais enfin un long métrage, une de ces œuvres qui rendent célèbres leurs auteurs et fiers ceux qui les ont connus, tout le monde lui parlait de moi, elle affectait l'indifférence mais s'en mordait de dépit les doigts jusqu'au sang.

Moins vaniteusement, et à présent que tout était enclos dans le passé, je rêvais que ce qui avait été fait pendant notre liaison portait ses fruits : tandis que tout le mal qu'elle m'avait fait m'ouvrait enfin les yeux et suscitait rétrospectivement ma colère, tout le bien que je lui avais fait, toutes ces graines d'abnégation, d'indulgence et de pardon que j'avais semées germaient et levaient, et l'étouffaient de remords.

Mais le remords même ne me suffisait plus. Je découvrais qu'il y a des êtres qui en font profession à trop bon compte. Tels les brutes du Far West tirant d'abord et réfléchissant ensuite, ils commettent allégrement toutes les erreurs et tous les crimes, puis s'estiment quittes en demandant ensuite pardon *quand il est trop tard.* C'est à ces pervers, si l'on a le sens de la justice, qu'il faut le moins pardonner.

La générosité, l'élégance, le désir de fermer les yeux, de garder sur Læ un saint silence auprès de nos amis communs laissaient donc de plus en plus place en moi au désir de demander des comptes et d'obtenir justice, au moins à leurs yeux. « Pardonner, mais ne pas oublier », disait je ne sais plus qui (Jankélévitch ? François Mauriac ?) de ces fautes inexpiables que l'on croise parfois dans une vie d'homme. Avec Læ, je décidai solennellement de refuser à la fois l'oubli et le pardon.

Car j'en étais arrivé à une véritable théorie de l'inhumanité de la rupture et, par conséquent, de la culpabilité *absolue* de qui la provoque. Il y a dans les *Confessions* de Rousseau un passage qui m'avait toujours été insupportable, c'est celui où « Maman » — quel surnom pour une telle salope ! — apprend à Jean-Jacques qu'il a un remplaçant auprès d'elle et où, celui-ci en étant bouleversé, « elle me répondit, écrit-il, d'un ton tranquille à me rendre fou que j'étais un enfant, qu'on ne mourait point de ces choses-là ; que je ne perdrais rien ; que nous n'en serions pas moins bons amis, pas moins intimes dans tous les sens ». Une fois qu'un certain type de relation est entamé avec quelqu'un, à un certain niveau, avec certaines exigences et une certaine intensité, pensais-je au contraire, on se doit tout, et jusqu'à la fin des temps. Il n'est plus possible de tenir le lamentable discours de l'inévitable versatilité humaine. Celui ou celle qui rompt trahit. Et rien ne peut absoudre pareille trahison.

La haine n'est pas noble, dus-je convenir, elle est petite, elle est sotte, elle est vaine, je hais la haine, et cependant m'y voici. Je m'y livrais comme on se laisse aller, après des siècles de privations, à une grosse friandise mauvaise pour la ligne, pour le poids, pour le cœur. Je m'y livrais contre la raison et l'intelligence. Je m'y livrais et m'y vautrais. Moi qui croyais être bon, je ne l'étais plus. Alors que j'avais tout accepté d'elle, je ne lui passais plus rien. Elle était l'incarnation du mal triomphant : elle avait gagné jusque-là qu'elle m'avait rendu méchant à mon tour. Tout d'un coup, cette réciprocité après laquelle j'avais vainement couru pendant des mois, je la trouvais dans la haine. Je lui rendais sa dureté, sa cruauté, son sadisme à l'identique — et même au centuple. Je ne passerais évidemment jamais à l'acte, cela ne lui ferait pas plus de mal que le zonzinement d'un moustique, mais voilà, il y avait cette exécration, c'était à son tour, c'était son paquet, c'était infini, cela coulait, roulait, débordait de tout côté. « Que cela l'entoure, elle et son souvenir, dans les siècles des siècles, qu'elle s'y noie, qu'elle en crève, que le mal qu'elle a fait l'étouffe par tous les pores et m'en délivre à jamais ! »

Cette violence se retrouvait dans mes rêveries. Dans l'une, Læ frappait à ma porte, me demandait ce qu'elle devait faire pour être pardonnée et je lui désignais le placard sous l'évier de la cuisine — où étaient stockés toutes sortes d'horribles produits ménagers : trichloréthylène, acide chlorhydrique, mort-aux-rats, etc. Elle devrait y rester, nue, accroupie, pendant un mois, au milieu des flacons. Quand cette lubie m'avait traversé l'esprit, je m'étais demandé si je serais capable, moi, de m'y soumettre pour elle, et je m'étais répondu « oui », d'abord sans hésiter, puis en hésitant car ce serait assez intenable, même une heure ! Une heure ? Ce serait déjà cela. Si elle m'avait aimé, elle l'aurait fait, et bien plus !

Une nuit, étais-je ivre ou malade ? J'avais mis la radio et, tout à coup, sur France Musique, je reconnus avec émotion la fin de l'*Otello* de Verdi, dirigé par Chung Myung-Whun. Je l'écoutai comme un fiévreux ou un fou. C'est Plácido Domingo qui chantait. J'entendais chacun de ses mots, je voyais chacun de ses gestes avec une nettetéé inouïe : j'y étais, *j'étais* Othello au moment où il découvre dans ses propres bras, tel Althusser sa femme, Desdémone « *pallida, e stanca, e muta, e bella** ». C'est-à-dire au moment où il se découvre assassin. Et j'en vins à songer que l'assassinat est le plus bel acte d'amour, celui où l'amant sacrifie sa vie à l'aimée en même temps qu'il la lui ôte. Enfin la volage est calme, immobile, sereine, à sa merci, *aimante* même, comme jamais. La seule chose honteuse est la facilité du geste : tous ceux qui ont eu à souffrir de l'infidèle pourraient s'en arroger le

---

* « Pâle, et lasse, et muette, et belle. »

privilège alors qu'ils n'en sont pas dignes. Il faut mériter cet acte suprême. Souvent — toujours ? — la future victime, comme Carmen à l'acte IV, comme Lidia dans *Rocco et ses frères,* sait qui va la tuer, a, en quelque sorte, choisi son bourreau. Oui, c'est comme un sacrement, ce serait le plus bel hommage que nous pourrions jamais nous rendre mutuellement, Læ et moi — moi en lui donnant cette souveraine... et ultime marque d'intérêt, elle en la pressentant, en la « méritant » par ses turpitudes, en l'acceptant même d'avance. Une sorte de suicide à deux.

Comme je l'avais fait à Gênes en pensant à Médée, j'entrais avec un petit frisson dans la logique de la folie meurtrière : enfin soustraire la chérie à tous ces rivaux, tous ces passants, tous ces inconnus qui la convoitaient, auxquels elle avait parfois la faiblesse de se donner, la soustraire à ses dérives, à ses débauches, à ses infidélités, *à sa liberté* ! L'en guérir une fois pour toutes ! Et mourir pour payer le prix ! Elle qui ne s'était jamais complètement donnée, qui s'était tant dérobée, qui m'en avait même préféré d'autres, au moins, comme cela, elle ne le pourrait plus ! Au moins, comme cela, nous serions irréversiblement liés, et pour toujours. Et la place que j'occuperais en la tuant, personne ne pourrait jamais plus me la disputer. En la lui prenant, certes — ô funeste paradoxe ! —, j'entrerais enfin dans sa vie de façon unique et définitive.

J'allais jusqu'à tenter d'imaginer la scène. Je découvrais sa nouvelle adresse, j'avais le code, je pénétrais une nuit dans son immeuble, je montais à son étage, poussais sa porte, qu'elle aurait, avec son insouciance habituelle, oublié de fermer, j'entrais à pas de loup, trouvais le chemin de sa chambre, arrivais à son lit et, là, le fantasme variait. Ou bien je m'allongeais silencieusement à ses côtés, elle finissait par sentir ma présence, hurlait et... c'est elle qui m'étranglait dans le noir. Ou bien...

Mais non, je n'y arrivais pas. Le crime passionnel restait pour moi une belle idée irréalisable... et dont, d'ailleurs, elle n'était pas digne ! Reprenant ses droits, la colère — ou un humour malsain — me soufflait en effet que sacrifier sa vie ou sa liberté à assassiner un être comme elle serait lui faire bien trop d'honneur !

J'atteignais assez rarement de tels paroxysmes. L'état dominant de mon esprit, en cet automne parisien qui commençait, était plutôt d'une souffrance douce, assortie à la tiédeur de l'air, aux feuilles roussissantes, aux crépuscules qui traînaillaient. Le hasard relançait parfois ma nostalgie. Tantôt c'était une fête chez un ami, exact anniversaire d'une autre où, dans le même appartement, nous avions été ensemble et je revoyais jusqu'à la baignoire où, à demi saoule, elle m'avait soudain entraîné vers minuit dans une étreinte hystérique, tantôt c'était un lieu, la cabine téléphonique qui fait le coin des rues Vieille-du-Temple et des Quatre-Fils, d'où je l'avais appelée un soir d'avril avant de rentrer, juste pour lui dire que je l'aimais, tantôt c'était cette vendeuse de fleurs du marché de Buci qui avait la même voix qu'elle, qui demandait à son assistante un « petit iris » et j'avais cru que c'était Læ qui était derrière moi et disait « mon petit Éric ! ».

Il y avait eu aussi deux ou trois messages anonymes sur mon répondeur — un simple bruit de radio, en général — où je croyais entendre sa respiration. Et puis il y avait les rêves, le plus souvent des rêves de lâchage dans des villes étrangères ou bien des rêves où elle se montrait tendre et triste, aimante, adorable, puis des tiers nous séparaient — les rêves qui mettent leur baume sur les blessures, mais ravivent le regret en même temps qu'ils apaisent la colère.

Quelquefois celle-ci s'apaisait si bien que je changeais complètement de point de vue, la créditant de l'élégance d'avoir été odieuse dans les derniers temps pour me rendre la rupture moins pénible, ou bien me répétant que l'avoir rencontrée et avoir vécu malgré tout si longtemps avec elle avait été une chance inouïe pour moi. Et donc, après m'être si souvent plaint, si souvent dit que j'étais mal tombé, que mon lot avait été celui de Des Grieux ou du malheureux héros de *La Femme et le Pantin* plus qu'autre chose, j'en venais à me donner tous les torts : « J'étais donc bien indigne, bien insupportable, pour qu'elle m'ait quitté ! »

... Je vois bien que je décris sans ordre ces états. C'est aussi qu'ils se chevauchaient, se mêlaient, s'annulaient, se relançaient l'un l'autre. Une fin d'amour est comme un mois de mars : on y passe dix fois de la pluie au soleil, du soleil à la pluie. Il n'en reste bientôt qu'un souvenir de métamorphose triste — celle que raconterait, s'ils pouvaient parler, une chenille devenant papillon, ou plutôt, hélas, un papillon redevenant chenille.

J'avais encore des sursauts d'indignation, à cause d'une impression de gâchis (« toutes ces heures, ces jours perdus, toutes ces nouvelles rencontres qu'elle a faites et qui l'éloignent de moi, tous ces corps auxquels elle s'est donnée, qui l'ont souillée à jamais ») qui signifiait surtout que je n'avais pas encore totalement fait mon deuil d'elle. Mais le plus souvent, j'en étais à la résignation. Plus le temps passait et plus la possibilité d'une reprise s'éloignait. Même si elle revenait et me demandait de reprendre le joug commun, je n'en aurais plus envie, la connaissant trop bien, sachant à l'avance que je ne la changerais pas, que je n'obtiendrais jamais rien de mieux d'elle. Et puis il y avait cette petite voix qui disait : « Bon, je l'ai tout de même eue près d'un an et demi ! Je peux la laisser aux autres. » La petite voix ajoutait même : « Je leur souhaite bien du plaisir ! »

Le bilan était plutôt amer : « Je serai passé sur elle comme l'eau sur les plumes d'un cygne. » Avec, comme une basse continue, la nostalgie de ce qui aurait pu être. Je lui disais en pensée : « Je donnerais tout, vois-tu, passé et avenir, toute gloire, pour *cela*, ce rien, toucher une femme, être aimé d'elle autant qu'elle de moi, dans une réciprocité parfaite, et me perdre dans ce gouffre doux, n'être que cela dans les siècles des siècles, cette disparition dans le bleu de l'amour, dans un amour sans fond. » Mais je savais déjà que c'était trop tard, du moins avec elle.

Et ainsi j'en pris mon parti. À mon retour de Barcelone, je n'avais rien voulu changer dans l'appartement. Surtout, m'étais-je dit, ne rien ôter. Laisser au-dessus de mon bureau toutes ces photos d'elle et de nous qui me la rappelaient chaque jour, laisser dans l'entrée cette statuette qu'elle m'avait offerte. Les arracher, les cacher, serait un de ces gestes de passion qui ravivent la passion. Laisser l'oubli faire doucement son œuvre. Puis, quand je ne me souviendrai même plus de la couleur de ses yeux, de la forme de son nez ou de sa bouche, du lisse de sa peau au creux de la taille et de la consistance de ses seins, retirer tout, paisiblement, comme un sacristain emporte icônes et fleurs séchées après la célébration d'un culte.

Et puis un jour j'appris qu'elle était rentrée pour de bon à Paris. Il fallut, au début sans se parler directement, régler enfin quelques problèmes matériels. Les amis communs jouèrent leur rôle. J'eus toutes les peines du monde à reprendre mes clés, à obtenir qu'elle me débarrasse de ses affaires : elle faisait comme elle avait toujours fait, disparaissant mais en laissant des choses à elle, non par négligence, mais plutôt pour marquer sa place, *au cas où*, pour pouvoir revenir. Plus tard — je ne souffrais alors plus, j'étais prêt à lui consentir toutes les circonstances atténuantes, penser à elle m'attendrissait —, j'ai mis cette sorte de comportement magique sur le compte du désarroi. Ses fugues étaient des fuites en avant, dans une nuit qui ne cessait jamais. Le seul sens qu'elle pouvait donner à sa vie, le seul ordre qu'elle pouvait y mettre tenait à ces quelques objets qu'elle laissait derrière elle et qui, comme les cailloux du petit Poucet à la masure familiale, la reliaient aux trois ou quatre êtres auxquels elle faisait un tant soit peu confiance : une éducatrice qui s'était occupée d'elle à la fin du collège, l'espèce d'imprésario qui l'avait introduite dans le monde des spectacles pornos, sa mère et, au moins pendant une période, moi.

Mais cette fois, c'était différent : notre séparation était définitive. Elle n'en convint pas tout à fait. Car si elle ne fit jamais rien pour renouer, elle se comporta, par intérêt, comme si nous n'avions pas vraiment rompu. Toujours sa façon de vouloir le beurre et l'argent du beurre, les avantages de la liberté sans ses inconvénients.

Cela se termina donc assez mal. J'avais été lui rapporter des affaires qui m'encombraient (elle ne serait jamais venue les reprendre d'elle-même et je voulais alors tirer un trait sur notre histoire, *faire place nette*). Assez de mois s'étaient écoulés, cependant, pour que les griefs les plus aigus se soient émoussés, que le souvenir des moments de bonheur et de complicité l'emporte sur le reste et entoure nos relations de cette tendresse légère, de cette buée d'affection qui unit les amants longtemps après leur séparation et les fait entrer dans un régime de connivence et d'amitié que bon nombre d'entre eux déclarent souvent ensuite trouver de beaucoup préférable aux maelströms de la passion. Et donc nous nous étions revus.

Je me rappelle qu'elle avait ironisé, avec autant d'intuition que de cruauté, sur le parti que j'allais, *tel qu'elle me connaissait*, tirer de cette rupture, des notes que je devais avoir prises, du film qui en naîtrait peut-être. Je fus même surpris de son côté visionnaire. « Tu crois, ricanait-elle, qu'on peut décrire ce qui se passe entre un homme et une femme, arriver à une vérité ! Tu te crois au temps

de Proust ou de Freud ! Mais le monde a changé ! »
J'étais époustouflé et amusé de l'entendre dire
que les choses, dans le Changhaï ou le Kinshasa
d'aujourd'hui (« demain, n'en parlons pas ! »),
n'étaient déjà plus les mêmes qu'à Combray ou à
Vienne en 1900 et surtout qu'au temps de la mécanique quantique on devrait avoir d'autres mots,
saisir d'autres réalités, les expliquer autrement. Je
me demandais où elle allait chercher tout cela. Je
n'avais à lui opposer que de pauvres litanies sur la
prétendue éternité des choses du cœur, du moins
sur leur maladive persistance à travers les siècles, les
espaces et les situations, me dépeignant en artisan
qui a choisi de travailler à main nue, de rassembler
et de transmettre le peu dont il soit sûr, plutôt que
d'*y aller* au laser et au *synthé* au risque de tout
perdre. (Bien entendu, je n'étais pas du tout certain d'avoir raison.)

Mais revenons aux péripéties. Comme elle était
plus séduisante que jamais — je n'ai pas assez parlé
de sa séduction : immédiate, vive, inimaginable ;
deux mots, un sourire, on était à sa merci, on *fon-
dait* —, elle avait obtenu de moi une assez forte
somme d'argent, que je lui avais prêtée d'autant
plus volontiers qu'elle avait de nouveau un travail
fixe (chez son planteur d'arbustes) et me laissait un
chèque en gage. Évidemment, l'argent ne revint
jamais, le chèque était en bois et elle était insol-
vable. Dans les moments de douleur amoureuse,

191

recensant, comme j'ai dit, à la façon d'Ovide ou de Stendhal, les remèdes à l'amour, j'avais toujours classé en bonne place, entre le long voyage et la recherche d'une passion pouvant faire contre-feu, l'impression (ou la certitude) d'être grugé. J'étais servi. (Je crois, hélas ! ce remède aussi incertain que les autres : il n'aide que des malades déjà à demi guéris, comme j'étais ; sur une passion vraiment forte, c'est un vain placebo.)

Je ne sais plus si ce fut par nécessité professionnelle ou par désir de rompre avec tout — plus probablement les deux à la fois, l'un entraînant l'autre —, je partis alors longuement à l'étranger : Grèce, Italie, Taïwan, Corée, Japon. Quand je rentrai, deux ou trois ans après, je ne savais plus rien d'elle, j'appris vaguement que sa mère était morte, je n'avais plus aucun moyen de la contacter, et d'ailleurs je n'en avais plus le désir, j'avais la tête et le cœur tout à fait ailleurs. C'est à ce moment-là que j'ai failli faire mon premier long métrage — mon premier « vrai film » —, mais c'est une autre histoire.

Bon. Près de sept ans passent. Elle n'existe plus pour moi. Et puis un jour, un dimanche après-midi (je m'en souviens comme si c'était *aujourd'hui*), en me promenant dans le sixième arrondissement où j'ai habité six, sept ans et où je n'avais pas remis les pieds depuis des siècles, j'essaie, une

192

drôle d'idée, comme ça, de me souvenir de l'endroit où j'allais alors me faire couper les cheveux. Et plus je cherchais, moins je trouvais. Mais dans l'effort que je faisais pour qu'apparaisse l'image précise d'une boutique de coiffeur et de moi dans un fauteuil, enveloppé d'une blouse blanche ou bleue, face à un miroir, image qui s'obstinait à ne pas revenir, des pans entiers de mon passé dans ce quartier ont resurgi — et elle, Lætitia, au milieu, car c'est là, rue de l'Échaudé, que nous avions vécu, tant bien que mal, pendant six mois. Et comme, tout à mes pensées, j'avançais machinalement, sans bien savoir où j'allais, repris peut-être par de vieux réflexes, sur le chemin d'anciennes dérives, je fus violemment surpris de me retrouver sur le pont des Arts. Combien de fois n'étions-nous pas passés là, de jour ou de nuit, combien de fois ne nous étions-nous pas embrassés ou même plus sur un de ces bancs... Or, ce dimanche-là — je crois qu'il faisait assez froid, chaque passant avait à la bouche une fleur de brouillard —, soudain, sur ce pont des Arts, une violente tendresse m'est revenue pour elle, elle dont je n'avais plus en moi qu'une image affaiblie, dont je ne savais plus rien, si elle était la même ou si elle avait changé, ni même si elle était encore en vie. J'étais au milieu du pont, face au square du Vert-Galant, à la fois debout et prostré, comme le fumeur d'opium après les premières bouffées, quand il lui semble tout d'un coup être devenu pour l'éternité une statue souffrante. Peut-être ai-je pleuré sans m'en apercevoir...

Oui, elle était revenue d'un coup sur ce pont où je l'avais enlacée tant de fois, comme une de ces apparitions qui viennent doucement s'installer au côté des navigateurs solitaires en plein océan, quand ils restent trop longtemps sans dormir. Et je me suis rappelé ce serment que nous avions fait un jour, sur ce pont, elle la première, de façon un peu grandiloquente : « Mon chéri, chaque fois que je passerai sur ce pont, même dans dix ans, dans cinquante ans, je penserai à toi, je penserai à nous. Même si nos corps se séparent, nos consciences sont scellées (« scellées », ce verbe un peu littéraire avait, dans sa bouche, quelque chose d'aussi rare qu'émouvant). Je jure de penser à toi, toujours, sur ce pont. Jure la même chose ! »

Alors, j'ai voulu la revoir. Comme on a parfois envie de tout quitter, sur-le-champ, pour suivre quelqu'un, fût-ce à l'autre bout du monde. Tout quitter d'un seul coup, même si cela doit durer des mois, des années. J'ai cédé plusieurs fois dans ma vie à de ces envies violentes, qui vous jettent pendant des heures dans le sillage d'une belle passante, plein soudain d'une incroyable patience, guettant, revenant le lendemain, attendant des jours de rang, mais hélas n'allant presque jamais jusqu'à mettre en branle de vraies stratégies de rencontre et de conquête, jusqu'à entrer vraiment en contact avec cette créature qui est soudain toute la beauté du monde, avec qui il semble que ce serait enfin le bonheur et à qui on n'a même pas la force de dire : « Excusez-moi, mademoiselle... » Comme si on était résigné d'avance à ne la revoir jamais. Comment peut-on supporter de tels arrachements ? Comment n'en meurt-on pas ? Au fond, c'est peut-être en réalité de cela que l'on meurt, de toutes ces rencontres qu'on a manquées par sa propre faute... Souvent, sachant trop bien comment ces aventures finiront — au coin d'une rue, dix mètres ou dix minutes plus tard, par fatigue ou raison soudain revenue —, je prends les devants et m'approche, dans le train, dans la rue, de l'apparition déjà si près de disparaître, et, parce que, vraiment, toucher des yeux ne suffit pas, je la frôle doucement, comme sous l'effet de l'entassement ou de la bousculade, d'un petit geste qui n'est pas du tout sensuel et utilitaire (ou pas seulement), pas du tout un de ces vulgaires pelotages d'usager du métro, mais qui est un petit acte magique, un début — qui restera hélas ! début — d'appropriation, une façon de dire muettement : au moins, belle apparition, ai-je su que tu étais douée de vie et de corps, je t'ai tenue au bout de ma peau, si j'avais su comment faire, si les dieux avaient été avec moi, nous aurions pu nous retrouver plus tard et nous étreindre à en mourir.

Entrer dans la vie de quelqu'un d'inconnu ! gageure des gageures, tentation des tentations, il n'y a pas de plus grand mystère. La vie ne vaut peut-être d'être vécue que par ce défi rayonnant qu'elle nous propose à certains instants et il n'y a, inversement, peut-être pas de plus légitime raison de vouloir la quitter que l'impossibilité de le relever. En tout cas, moi, plus que l'ambition politique, le désir de savoir ou tout autre passion humaine, c'est cette envie terrible — l'envie, en entrant dans la vie de quelqu'un d'autre, de quitter la mienne, du moins de déclencher le mystérieux déclic par quoi s'ouvrent à perte de vue, à perte *de nuit,* les doubles fonds de l'existence — qui m'a maintenu en vie, du moins en *désir de vivre,* dans les pires moments. (N'est-ce pas d'ailleurs cette folle gageure qui m'avait fait, à Biarritz, le 14 juin 1984, suivre puis aborder Lætitia ?)

C'est pourtant là une lubie terriblement propice au malheur, une promesse de passions avortées, dont on est sûr de n'avoir jamais que la mauvaise part. Plus tôt chacune de ces passions est interrompue, plus rude, mais plus brève aussi, la souffrance. Comme ces sparadraps qu'il faut avoir le courage d'arracher d'un seul coup sec.

De cette douleur affreuse et courte, je ne sais pas de meilleur exemple que celle qu'on éprouve dans les grandes foules des pays inconnus. J'ai éprouvé l'une des plus vives à Tokyo, bien après Lætitia, là même, d'ailleurs, où je l'avais « perdue », à Shinjuku. Je mets des guillemets à ce mot, car, même si sa disparition dura plus de quelques jours, Læ ne m'apparut alors jamais que provisoirement perdue et j'avais, de toute façon, assez d'indices (son nom, l'adresse de sa mère) et de traces (ses vêtements, mainte photo, des films) pour, dans le pire des cas, sauvegarder à jamais quelque chose d'elle. Non, je veux parler d'une perte bien pire. J'avançais dans la foule, sur le flanc ouest de la gare de Shinjuku, tout à coup apparaît face à moi une jeune Japonaise en robe fuchsia, un peu plus grande que la moyenne de ses compatriotes, plus hâlée, plus européenne aussi de visage (les yeux moins bridés, le nez moins plat), avec des seins fermes et bien dessinés, je la laisse passer, sans même avoir la présence d'esprit de la frôler du bras (le geste magique que j'ai dit). Puis, comme un malade ou un ivrogne dont les réflexes seraient décidément émoussés et les gestes ne se produiraient que trente ou quarante secondes après le moment où sa volonté les décide, je m'étais soudain murmuré, avec la froide vulgarité de l'appétit sexuel : « Je ne peux pas laisser passer *ça* ! » Ça, cette chair aimable ou plutôt, à présent que j'étais rapidement revenu sur mes pas et me tenais derrière elle, *ce cul* exquis, ces jambes parfaites, aux bas piqués d'abeilles (« exquis », « parfait » : pauvreté des mots soufflés par le désir !). À un moment, malgré l'épaisseur croissante de la

197

foule, j'étais parvenu à remonter jusqu'à sa hauteur pour tenter de revoir son visage, dont le souvenir s'était déjà estompé, et, la voyant de profil, je n'avais pas eu, hélas ! de ces déceptions qui guérissent instantanément de l'emballement, au contraire : ce visage était imparablement beau, décidément plus admirable encore que le corps dont il était l'enseigne et je m'étais donc mis à *cristalliser* sur-le-champ. Ainsi, tout en marchant assez promptement pour ne pas être semé (elle avançait vite, comme beaucoup de Tokyoïtes en ce lieu et à cette heure), j'étais entré déjà dans les rêveries du troisième type, je veux dire dans l'amour pur, idyllique, les *utopies* — je la ramenais en France, nous descendions à Biarritz, je la présentais à mes parents, nous nous installions à la campagne, dans une grande et vieille maison, etc., bref Pérette et le pot au lait ! —, quand, tout à coup, à l'orée d'une de ces très larges avenues qui trouent Shinjuku (Shinjuku Dori ou Yasukuni Dori), je la perds de vue. Le temps de hâter le pas, d'écarter trois ou quatre gêneurs, et je me retrouve bloqué sur le trottoir, derrière vingt piétons soudain figés parce que le feu est passé au rouge (pas plus qu'à Munich ou Zurich, villes où le surmoi social est gigantesque, il n'est à Tokyo question pour un piéton de traverser au rouge, même s'il n'y a pas la moindre voiture en vue — or là, en plus, il y avait *beaucoup* de voitures). Et soudain, je l'aperçois, elle, une seconde, de l'autre côté de l'avenue, autant dire dans un autre monde déjà, petite tache rose qui s'enfonce à jamais dans la foule et le crépuscule de Kabuki-cho, antichambre de la nuit et d'une masse de dix millions d'inconnus. Les voitures n'arrêtaient pas de passer, le feu demeurait désespérément au rouge, je trépignais intérieurement, mais, déjà, mon corps, plus raisonnable que moi, s'était figé à son tour, dans la posture de ces hautes statues de marins qu'on voit dans les ports et dont le regard se perd dans un lointain où elles n'iront jamais. « Adieu, belle inconnue ! adieu, bonheur ! » me disais-je, avec l'impression — fausse ? vraie ? qui peut savoir ? — d'être passé à côté de l'un des grands événements de ma vie.

Oui : qui peut savoir ? Nos vies sont faites d'événements majeurs qui n'ont pas eu lieu, elles sont l'écume de ces espoirs sans suite. Qu'importe, c'est déjà cela ! Qu'importe leur monotonie et que le Destin avec un grand « d » ne frappe jamais à notre porte ou ne frappe que lorsque nous venons de sortir : l'essentiel est cette possibilité infiniment ménagée. Mais pas ménagée passivement, par une propension à la rêvasserie, à l'illusion que le bonheur ou le renouveau peuvent nous tomber du ciel tout cuits. Activement. Par cette espèce d'entraînement quotidien, cette gymnastique de l'âme qui nous fait, dix fois par an, voire dix fois par jour, décider de renoncer soudain à tout. Et sans doute ce « tout » se réduira-t-il souvent à peu de choses : un travail, une course urgente que nous allions faire, un rendez-vous. Dans le meilleur des cas cela donnera une fugue de quelques jours — une fugue, petite chose adolescente, anodine et musicale ! Et cette immense aventure à laquelle nous étions prêts se soldera par un retard minuscule et quelques mots d'excuse bafouillés. Sans doute aussi, passé la naïveté des premiers temps, n'en sommes-nous pas tout à fait dupes et risquons-nous, même, de jouer à ce jeu comme à un jeu, justement, un de ces lamentables jeux d'adulte empâté, impotent, qui est au loup qu'il devrait être comme le chien de la fable avec son embonpoint et son collier. Un jeu, alors qu'il ne s'agit pas d'un jeu, mais de la chose la plus grave du monde. Et celui qui était prêt à brûler tous ses vaisseaux n'aura-t-il, en fin de compte, grilloté qu'une planche à voile. N'importe. Ce qui compte — on est sartrien ! —, c'est cette utopie, sans quoi le mot « liberté » ne veut rien dire, selon laquelle il est toujours possible, jusqu'au bout, de changer de *look*, de genre, de métier, d'amour, de pays, de tout.

Or tout ce que je viens de dire sur les personnes inconnues qu'on voudrait suivre jusqu'au bout du monde vaut *à plus forte raison* pour les personnes aimées qu'on a perdues et qu'on voudrait retrouver. Ce jour-là, sur le pont des Arts, j'ai cru suffoquer de douleur, j'avais le cœur broyé, à ne pouvoir respirer, elle me manquait subitement, dix ans après, comme une partie de moi qu'on m'aurait arrachée, comme l'oxygène quand on se noie, et la seule issue était d'aller la chercher *séance tenante.*

Je me suis précipité, dans le premier café venu, sur un annuaire et j'ai cherché — vainement — son nom sur toutes les listes d'abonnés de Paris et de la banlieue. Peut-être était-elle partie en province ou à l'étranger. Ou bien s'était-elle mariée, portait-elle un autre nom. Elle n'avait, de toute façon, jamais été du genre à s'abonner personnellement à quoi que ce soit. Il fallait la chercher sur place. Comme dopé, survolté, je partis, en taxi puis à pied, dans plusieurs coins de Paris et de la banlieue où je me souvenais qu'elle avait eu des habitudes à un moment ou l'autre de sa vie. Agitation désordonnée d'animal souffrant, parfaitement inutile — dix ans s'étaient passés et puis c'était dimanche —, sauf en ce qu'elle fatiguait peu à peu mon corps et eut raison de ma frénésie. Rentré chez moi, je sortis fébrilement tout ce que je pouvais avoir conservé d'elle, petits mots, lettres, tout ce qui avait survécu à la colère, puis à l'indifférence et aux déménagements, ou bien les éphémérides, les carnets d'adresses de cette époque-là, tout ce qui pouvait me fournir des indices, et je revécus ainsi, tout le long de la nuit et souvent le cœur battant, des pans entiers de notre histoire. Au petit matin, j'avais retrouvé trois ou quatre noms d'amies à elle avec leur téléphone. Les numéros n'étaient plus bons, sauf un, où un adolescent me répondit que « sa mère » était en vacances à la Martinique. J'insistai tant qu'il me donna un numéro à Fort-de-France. J'appelai aussitôt, oubliant le décalage horaire et, je me souviens, je réveillai une pauvre vieille en pleine nuit. Elle parlait créole, ne baragouinait que quelques mots de français. Je compris quand même que sa fille était absente et que je devrais rappeler le lendemain. Bref, j'eus enfin l'amie de Lætitia, qui s'avéra n'être plus depuis longtemps son amie (« elle m'a assez fait de tort ; elle me doit toujours treize mille francs ; je ne suis pas la seule, tout le monde lui en veut »). Elle ne savait pas ce qu'elle était devenue, « préférait ne pas le savoir », tout ce qu'elle pouvait me dire, c'est qu'il y a cinq ou six ans, on lui avait dit qu'elle était partie au Québec.

Aussitôt, j'appelle les renseignements à Montréal. Miracle : ils ont une Lætitia Olivier, habitant au 3445, rue Côte-des-Neiges. À ce moment-là, panique. Que vais-je lui dire ? Comment m'accueillera-t-elle ? Il n'est pas question de rater ces retrouvailles. À la moindre contrariété, elle raccrocherait et, le jour même, changerait de numéro de téléphone, paierait pour n'être plus dans l'annuaire, elle rentrerait dans sa nuit, je la perdrais à jamais. Je tergiverse, j'attends la bonne heure (le temps pendant lequel les deux interlocuteurs ont une chance d'être également dispos est très réduit, dans les appels à longue distance), je m'entraîne, je prépare des formules par écrit, j'essaie ma voix. Enfin, après deux jours de timidité, je me lance. Personne. Je recommence. Personne. Troisième essai : idem. J'appelle de plus en plus frénétiquement, en me souciant de moins en moins du décalage horaire. Enfin, une nuit (il doit être là-bas dix heures du soir), j'entends que sa ligne est occupée. Cela dure au moins trois quarts d'heure. Là, harassé, j'essaie une dernière fois avant de me rendormir : on décroche ! Je me jette à l'eau, m'annonce, balance ma formule. J'entends alors une voix de femme mûre, même très mûre, avec l'accent québécois. Impossible que ce soit elle. Le mimétisme, je veux bien, mais quand même ! J'abandonne tout de suite, sans même obtenir de dénégations véritables à mes questions embarrassées. Dix minutes d'abattement, puis la frénésie me reprend. Toute honte bue, je rappelle : si j'avais fait un mauvais numéro ou si c'était elle, tout de même, que je n'aurais pas reconnue et qui n'aurait pas eu le temps de me reconnaître, ou une colocataire ? La correspondante redécroche. Au lieu d'être fâchée, elle répond plutôt calmement : « Ce n'est pas la première fois qu'on m'*achale* avec ça. » Elle dit qu'Olivier est un nom très courant chez les Haïtiens (elle est elle-même haïtienne), elle pense

qu'il y a une autre Lætitia Olivier, « à Verdun »,
car elle a reçu une fois par erreur une feuille d'assurance à elle destinée. « Bienvenue ! »

Je n'étais encore jamais allé au Québec. Je ne
compris qu'après un nouvel appel aux renseignements téléphoniques que Verdun est une commune de la banlieue sud de Montréal. Mais là,
il n'y avait pas d'abonné du nom de Lætitia
Olivier.

Tout de même, j'avais un indice assez précis et
j'étais alors assez disponible — façon pudique de
dire que j'étais en chômage — pour céder, ce que
je fis, à la tentation de l'aventure. J'arrivai à Montréal en pleine période de référendum : il était de
nouveau question de l'indépendance du Québec.
Bref, les quelques Québécois du milieu de la télévision ou du cinéma dont j'avais fait la connaissance
à Paris s'étaient mobilisés et étaient bien trop
occupés pour m'aider le moins du monde — sinon
en me logeant. En plus, la saison des tempêtes de
neige commença bientôt. Et j'étais arrivé en imper
et mocassins ! Je fais grâce de mes premiers
déboires. Au bout de trois ou quatre jours, je
tombe par hasard sur un vieil annuaire où figure,
dans les pages de Verdun, le nom « L. Olivier ».
Plutôt que de téléphoner, je me précipite à
l'adresse indiquée (je m'en souviens encore, c'était
au 983 de la Cinquième Avenue, un quartier
sinistre, des alignements de bâtisses en brique,

toutes pareilles, avec des escaliers extérieurs noirs horribles) et là, je trouve au premier étage un bon-homme qui me dit qu'il ne connaît pas d'Olivier mais sait qu'avait habité, deux ou trois ans plus tôt, au rez-de-chaussée, une jeune femme noire « ou presque » qui était *go go girl*, c'est-à-dire danseuse-strip-teaseuse, rue Sainte-Catherine à Montréal. Je fais tous les dancings et tavernes de la rue Sainte-Catherine d'ouest en est, Dieu sait s'il y en a. J'avais sur moi, heureusement, plusieurs photos de Lætitia. Et je finis par rencontrer une fille qui la reconnaît, qui ignore son adresse, mais sait qu'elle fréquente volontiers le Caribou, un bar de la rue Saint-Laurent.

Je m'y étais rendu le jour même, assez tôt dans la soirée. Je tremblais presque d'anxiété : dix ans que nous ne nous étions vus, elle avait peut-être changé, était, qui sait ? devenue bouffie, marquée d'une façon ou d'une autre par la vie, l'alcool, que sais-je encore ? Le Caribou était un drôle d'en-droit, mi-taverne, mi-boîte, assez vaste, fréquenté par une faune bigarrée, petits truands, gigolos, *go go girls* faisant relâche, quelques travestis, des chô-meurs en veste de bûcheron, des employés sortant du travail en costume-cravate, quelques dames mûres en chasse et beaucoup de pochards de tout sexe et tout acabit. Je m'étais glissé dans un coin, une pénombre où l'on ne me remarquerait pas, et j'avais commandé, selon l'usage local, trois ou quatre bières d'un coup. Étaient-ce les traces de boue noirâtre — de *sloche*, comme on dit là-bas — qu'inévitablement chaque nouvel arrivant botté et crotté laissait sur le plancher ou le manque de grâce physique, l'air de misère sale de tous ces êtres, plus paumés que radieux, qui s'apprêtaient à passer de longues heures de nuit ensemble, comme on s'embarque pour une croisière dans des mers ingrates — misère sale dont je n'avais eu d'exemples, la laideur en moins, qu'il y a longtemps dans certains bars de Pigalle —, toujours est-il que plus la nuit avançait et plus mon appréhension grandissait. Au point qu'à un moment, déprimé, effrayé d'avance à l'idée de la revoir pareille à ce lieu, je m'étais levé pour partir.

À cet instant précis, la lumière de la salle, déjà faible, s'était d'un coup encore amoindrie, un petit podium que je n'avais pas remarqué, près du bar, avait été pris sous le feu de plusieurs projecteurs aux couleurs variables, trois ou quatre musiciens étaient apparus et un quidam à veste pailletée, tenant à la main un gros micro à l'ancienne, avait annoncé : « Mesdames et messieurs, *Ladies and gentlemen,* Mlle Léa de Paris, *Miss Léa from Paris* ! » Quelle n'avait pas été mon émotion de voir alors apparaître dans le halo lumineux celle que j'attendais depuis des heures — que dis-je ? depuis des jours, des années... de toute éternité !

Elle n'avait pas changé. Elle portait un léger maquillage sans doute, qui empêchait de bien juger, mais elle paraissait plus belle encore, légèrement amaigrie, le regard plus grave, même un peu triste — peut-être était-ce aussi à cause des quelques chansons qu'elle interprétait en français, chansons de Barbara, Trenet ou Pauline Julien plutôt nostalgiques, hélas entrecoupées de tubes de rock ou de rap de moins bonne venue qui l'obligeaient, dans sa robe bleu clair moulante, à des mouvements où je retrouvais un peu la strip-teaseuse. Elle saluait avec sobriété, sans cet air à la fois enjôleur et effronté qu'elle avait onze ans plus tôt au Cheval Bleu. En elle, la femme-enfant avait fait place à la femme-femme, plus paisible.

J'étais si ému — et soulagé cependant — que je partis aussitôt après le tour de chant, sans chercher à lui parler. J'avais compris, à la formule dont le présentateur pailleté l'avait saluée après son « bis », qu'elle se produisait ainsi tous les soirs à la même heure et je n'aurais qu'à revenir. Pour l'heure, l'avoir revue, même de loin, suffisait à mon bonheur.

Je revins le surlendemain. Le public avait-il changé ? En tout cas, je fus frappé cette fois par la manière assez vulgaire dont il l'encourageait, principalement certains hommes qui la sifflaient à l'américaine ou exprimaient, en la tutoyant, leur approbation sur son anatomie. Après le spectacle, elle vint s'asseoir au bar. Je restais tapi dans la pénombre, attendant qu'elle soit seule. Cela n'arrivait pas. Elle était assaillie d'importuns, certains à qui elle souriait, d'autres qu'elle repoussait d'un mot ou d'un regard assez dur. Enfin, elle sortit avec une autre femme et un type à manteau et toque de fourrure, genre nouveau riche. Je les suivis un peu dans la rue. Il venait de neiger, la neige étouffait les pas et tous les bruits, il n'y avait personne d'autre que nous. Ils ne m'avaient sans doute pas entendu. Quand, profitant d'un moment où elle était un peu à la traîne, je murmurai doucement « Lætitia ? », elle sursauta, se retourna et me cria presque instantanément :

« *Beat it !* »

J'insistai :

« C'est moi, Éric ! »

Déjà, les autres l'avaient rejointe. La femme, une espèce de poule vulgaire et fardée, se montra plus agressive encore :

« As-tu compris, tabarnak d'hostie de chien sale ? Bâdre nous pas[*] ! »

L'homme en fourrure était arrivé à sa voiture, il les appela en anglais pour leur dire de laisser tomber et de monter. Je me retrouvai bientôt seul dans la blancheur, grelottant, enfoncé dans la neige jus-

---

[*] Ne nous emmerde pas !

qu'aux mollets, au coin des rues Saint-Laurent et Dante, devant le rideau baissé d'une *coffee shop* à l'enseigne de Chez Béatrice/Beatrice's.

XVII

Plus que de froid, je tremblais de désarroi. M'avait-elle au moins reconnu ? Ou seulement pris pour un de ces clients éméchés du Caribou qui l'importunaient ? Dans sa cinglante concision, son exclamation avait à la fois le caractère sans appel d'un équivalent du français « dégage ! » ou « lâche-moi les baskets ! », comme on disait encore, et l'ambiguïté propre à cette langue rude qui ne connaît guère la distinction entre le « tu » et le « vous ». Certes, tandis qu'elle était en train de s'asseoir à côté du conducteur, j'avais l'impression qu'elle m'avait regardé plus attentivement, mais je n'en étais pas bien sûr, tout avait été très vite, on n'y voyait goutte, et c'était peut-être simplement pour surveiller mes réactions.

J'abrège. Après une journée entière de doute et même de désespoir, au cours de laquelle j'avais très sérieusement envisagé plusieurs fois de rentrer à Paris, j'avais pris le taureau par les cornes, étais arrivé au Caribou bien avant l'heure du spectacle, décidé à aller lui parler dans sa loge. On m'avait alors appris qu'elle n'y était pas, que le *show* n'aurait pas lieu ce soir. On n'avait pas non plus voulu me dire où elle habitait. J'avais erré des heures dans la nuit, avant de rentrer, abruti de fatigue et de froid dans l'appartement qu'on me prêtait à Outremont et c'est alors que j'avais trouvé sur le répondeur un long message d'elle !

Comment ce miracle avait-il pu avoir lieu ? Elle ne m'en disait rien. J'ai su plus tard qu'elle avait eu mon numéro par cette femme qui m'avait parlé du Caribou et à qui j'avais été bien inspiré de laisser mes coordonnées : elles s'étaient rencontrées par hasard le jour même. Elle m'avait donc reconnu, la nuit où je l'avais abordée ? Ou bien, apprenant que quelqu'un la cherchait, avait-elle fait rétrospectivement le rapprochement avec cette silhouette imprécise qui l'avait approchée rue Saint-Laurent ?

Je connais ce message par cœur — j'en ai ramené du Québec la cassette —, c'est le message même du bonheur, la plus belle déclaration qu'on m'ait jamais faite, car la plus inattendue. Oui, comme elle me l'avait expliqué ensuite, elle m'avait reconnu, mais trop tard, quand la voiture démarrait. D'abord, l'idée que c'était moi et que je la recherchais lui avait fait horreur — cette indépendance de chat, n'est-ce pas, qui la rendait ombrageuse —, puis, quand cette connaissance lui avait

211

dit que j'étais venu spécialement de Paris pour la revoir même une minute, elle était entrée dans une longue réflexion nostalgique dont des bribes passaient dans son message et au terme de laquelle elle se disait prête, si je voulais toujours d'elle, à revenir vivre avec moi :

Cher Éric, je n'arrête pas de penser à toi depuis cette nuit. Je me suis trompée du tout au tout. Ce n'est pas que je ne sais pas où aller, c'est que, bon, avec toi j'étais bien. Et puis j'avais à tout point de vue une sécurité que je ne trouve pas ailleurs, une sécurité à tous les niveaux, affectif, mental, surtout. Si on revit ensemble, ça sera canon. À moins, bien sûr, que je ne t'aie pas manqué. Avec le temps, tout lasse, tout s'en va, comme dit la chanson. Moi, c'est le contraire, avec le temps, malgré tout ce temps, c'est le contraire, j'ai encore plus envie de toi, de refaire ma vie avec toi. Plus je prends de recul, plus je me rends compte que j'étais très bien avec toi. On a quand même fait plus d'un an ensemble. La prochaine fois, ça sera peut-être plus long. Mes fugues, c'est fini, je crois. Et puis j'ai des ambitions que je veux partager avec quelqu'un. Autant les partager avec quelqu'un qui les mérite. La solitude, c'est vraiment flippant...

C'était une solitude relative : car elle me parlait ensuite d'un « connard » qui lui « prenait la tête », qui ne la « laissait pas respirer », la surveillant et lui posant tout le temps des questions suspicieuses. Peut-être l'homme aux fourrures. Mais ses expressions avaient beau être parfois un peu crues, sinon cruelles, dans leur franchise (cette « sécurité » dont elle me créditait : elle me voyait donc en protecteur, en tuteur, voire en banquier ou en « psy », plus qu'en amant ! Et ce vocabulaire de militaire ou de taulard pour parler de notre passé : nous avions « fait » plus d'un an ensemble !...), elles me touchaient. Et leur maladresse plaidait pour leur sincérité. Sa voix, d'ailleurs, apaisée, grave, lente, la voix de quelqu'un qui fait retour sur sa vie et prend de nouvelles résolutions, me rassurait, me donnait une émotion infinie. Bien entendu, simple négligence ou vieux goût du mystère, elle ne laissait aucun numéro de téléphone. Au Caribou, on prétendait ne plus rien savoir d'elle ; d'ailleurs elle était déjà remplacée. Je dus ronger mon frein près de vingt-quatre heures encore, puis je la trouvai en rentrant, assise avec un bagage devant ma porte.

Ici commença l'une des périodes les plus incertaines de ma vie. Elle est encore trop proche pour que je puisse l'analyser. Le bonheur et le malheur s'y sont succédé, heurtés, bientôt presque confondus, à un rythme sismique : des extases suivies de noyades ou d'électrocutions. Lætitia avait changé et pas changé — changé à la fois en mieux et en pire. Elle était plus aimante quand elle aimait, mais plus violente quand elle redevenait sauvage. Certes, ses colères se sont faites un moment plus rares, mais les fugues ou, du moins, les absences ont repris. Les absences, oui, même quand elle rentrait à la maison. Elle s'était mis en tête de lancer des groupes rap, des clips, de nouveaux rythmes arabo-indiens — ses fameuses ambitions. Bien vite, elle ne me parla plus de rien. D'ailleurs, j'avais eu beau faire au début des efforts, et même envisager de réaliser des choses avec elle, des films, notamment, ce monde du *show business* me restait impénétrable et profondément antipathique. Elle menait sa vie à elle, touchait, je ne sais d'où, des sommes astronomiques qu'elle perdait aussitôt. Une succession de *coups* et de *flops*. Jusqu'à ce que...

XVIII

L'autre jour, traversant la Sologne, je n'ai pas pu ne pas repenser à elle. Des rives du Cher à Romorantin, la forêt parfois s'avançait jusqu'au bord de la route. Des chemins bordés de hêtres ou de grands pins conduisaient jusqu'à des maisonnettes isolées, certaines charmantes, avec de hauts toits de chaume ou d'ardoise — presque des gentilhommières. Là il aurait fait bon vivre ! Il y a douze ans, l'an dernier encore, je rêvais de me retirer avec Læ dans l'une d'elles.

Puis j'ai traversé des forêts aimables et roses — roses de ces bruyères arborescentes qui couvrent les clairières comme des brumes ou des braises légères, au pied des pins, des peupliers, des bouleaux, au bord de petits étangs —, et j'ai revécu nos promenades dans la forêt de Fontainebleau ou de Montargis, quand nous y cherchions encore vaguement une maison où abriter notre amour. Il faisait si chaud que nous étions presque nus. Parfois, nous

215

nous couchions dans les fougères sans même nous enlacer, simplement allongés côte à côte, à regarder le mouvement d'un insecte ou le vol d'un oiseau dans le lacis des branches.

Curieux, tour de même, comme notre aventure aura été liée — négativement — à l'idée de maison. Cette maison pour elle que je n'ai jamais trouvée, ni dans les environs de Paris ni ailleurs, ou la maison de Biarritz que je n'ai pas su sacrifier à ses beaux yeux, l'été dernier, quand elle avait besoin d'argent pour sauver sa société. Mais comment aurais-je pu vendre cette maison ? Ce n'était pas seulement celle de mes parents, de mon adolescence, du temps où Jérôme et Élodie étaient la vie même pour moi, c'est la maison où je me suis toujours ressourcé. C'est grâce à elle encore que j'ai pu survivre à la tragédie de l'été dernier, me ressaisir, morceau par morceau, m'arracher peu à peu à la dépression...

« Mais si tu l'avais vendue, me souffle une petite voix, tu n'aurais pas eu à "survivre", il n'y aurait pas eu de rupture ni de dépression. En vérité, tu as eu un choix à faire : rompre avec les tiens, avec ton passé, pour choisir une vie nouvelle, un nouveau monde, celui de ces immigrants ou de ces Français des DOM-TOM, de ces gens de couleur, de ces parias ou semi-parias, de ce tiers ou quart monde qui est le vrai héros, désastreux de maladresse et malchanceux, de cette fin de siècle et qui sera bientôt le seul monde, l'avenir véritable. Et tu as reculé devant cette décision qui était la seule compatible avec l'esprit individualiste et révolutionnaire, avec la volonté d'audace totale qui t'habitaient quand tu étais plus jeune. Tu n'as pas fait ce saut qui était, en outre, la seule vraie preuve d'amour que tu pouvais lui donner, si l'amour est bien une façon de se perdre soi-même pour se retrouver totalement dans la vie d'un autre être, avec l'espoir du plus grand bonheur autant que le risque du plus grand désastre :

Et Phèdre au Labyrinthe avec vous descendue
Se serait avec vous retrouvée, ou perdue.

Trop prudent, trop enraciné, trop emmitouflé dans tes souvenirs et tes livres. "Qui veut sauver sa vie la perdra." Tu l'as perdue. Tu as perdu, qui sait ? des années de bonheur. »

Ce qui m'a empêché de vendre, depuis qu'ils l'ont à jamais quitté et qu'il n'est plus qu'une garçonnière trop grande, l'appartement de mes parents à Biarritz, c'est peut-être un attachement presque animal aux retraites solitaires — arbres, cabanes, terriers, donjons — qui remonte aux robinsonnades de l'enfance. Et si ce choix a été, comme j'ai dit, indirectement cause du départ de Lætitia et de la fin de notre amour, c'est que, décidément, Robinson l'a peut-être à jamais emporté en moi sur Roméo.

217

Pourtant, Robinson n'est pas fatalement voué à la solitude. Sans même évoquer *Le Robinson suisse*, flanqué d'une épouse et de quatre fils, il y a Vendredi. Lætitia aurait fait une Vendredi très acceptable — même si, infidèle à l'histoire, c'est elle assurément qui aurait changé Robinson en esclave. Au demeurant, tant qu'à la nommer d'un jour de la semaine, je l'aurais appelée Dimanche. Elle aurait été, elle serait encore, si elle était là, ma plus belle raison de vivre à l'écart des hommes — l'humanité en une personne. Mais je parle comme Alceste ! Pas plus que Célimène, Læ n'aurait supporté ce monde réduit à deux êtres. L'extrême passion, la passion dont on meurt, peut seule faire supporter cette raréfaction d'oxygène qui nous suspend aux lèvres de l'autre, prêt à ne plus respirer que son souffle et, en quelque sorte, par ses bronches.

Mais non. La passion peut n'être pas asphyxiante. Quelqu'un — c'est Alain Finkielkraut — a écrit un livre fort bellement intitulé *La Sagesse de l'amour*. J'ai toujours pensé — si je ne l'ai constaté — que la passion amoureuse pouvait se pénétrer de sagesse. Et d'abord en se donnant ce qui manque le plus à la passion : le temps. Or elle ne peut avoir le temps que si elle a l'espace. Une passion bien tempérée — si cette utopie n'est pas aussi inconcevable que le mariage de l'eau avec le feu —, un amour qui sait ruser avec lui-même, se retenir pour mieux durer, suppose entre les amants de

218

l'éloignement, des possibilités fréquentes de vie séparée. Mais séparée dans la proximité, avec la possibilité de se retrouver en une seconde dès qu'on le désire. C'est pourquoi, comme j'ai dit plus haut, j'ai toujours imaginé très grande — plus grande encore que celle de Biarritz — la maison où j'aurais voulu vivre avec Læ, en Sologne, en Martinique ou ailleurs. Je suis même entré parfois dans des rêveries plus absolues.

Chère Lætitia, rêvais-je, nous aurions habité par exemple à Saint-Outrille, près du Cher, ou à Saint-Benoît-sur-Loire, qu'un miracle aurait débarrassés de leurs habitants. Nous ne nous serions pas vus de toute une semaine, tu aurais passé des heures sans moi, nue au soleil au bord de l'eau ou occupée à lire des romans-fleuves tout en haut du clocher de la basilique, au milieu des oiseaux, mais, étant seuls à cent lieues à la ronde, nous n'aurions eu aucun doute l'un sur l'autre et la jalousie au bec cruel n'aurait eu aucune prise sur moi. Dès que l'un aurait voulu appeler l'autre, il l'aurait pu d'un signal discret — par exemple un léger ululement de téléphone portatif —, à quoi l'autre aurait répondu par un ululement si c'est oui ou deux si c'est non, le oui équivalant à un rendez-vous dans les dix minutes en terrain neutre, par exemple sur la place du Martroi, sous les platanes, devant la belle maison à oriel oriental. Il aurait en tout cas été entendu que les téléphones ne serviraient qu'à ces amorces de retrouvailles et qu'on ne se parlerait qu'en présence l'un de l'autre. Ou même on se serait passé tout à fait de leur détestable truchement et l'on aurait remplacé leurs signaux par des sons directs ; appels dans un porte-voix, coups de sifflet ou de trompette, tintement des cloches de la basilique. Admirable quotidienneté amoureuse carillonnée, dont les angélus auraient voulu dire « déjeunerons-nous ensemble ? » et les tocsins « je ne peux plus me passer de toi » !

Rêverie. Beau rêve brisé par un cauchemar.

XIX

Je suis une statue de granit ou de bronze. Des lueurs rouges à l'horizon indiquent l'Orient. Des soldats cuirassés d'écailles d'argent parcourent les rues. La ville est couverte d'une immense verrière. Des gens nus se caressent sur l'herbe. Cela dure des éternités. Puis Lætitia paraît, dans sa tenue du Cheval Bleu. Elle a son air des mauvais jours. Je la suis, la supplie. Nous sommes dans l'appartement de Belleville, devant la cheminée. Je pleure. Je veux me réveiller. Elle dit : « Tu sais bien que je ne t'aime pas, que je ne t'ai jamais aimé. » Je lui dis : « Alors va-t'en ! — Si tu me donnes le collier que tu me dois ! (et je comprends que c'est un collier de plusieurs millions) — Je ne te dois rien ! » Alors elle casse un très grand vase de porcelaine dorée, nous sommes dans une immense grotte lumineuse, il y a beaucoup de monde, elle jette des livres par terre, prend mon scénario, veut le jeter au feu, je retiens à grand-peine son bras. Elle se dégage, tient une sorte de cimeterre, s'approche, fait une grande estafilade sur le papier peint du mur pour montrer que la lame est terriblement affûtée, en zèbre plusieurs fois l'air tout près de mon oreille, je veux me réveiller, je tends la main, elle dit « je t'avais prévenu », elle m'entaille brusquement le bras jusqu'au sang...

En m'arc-boutant, je parviens péniblement à m'arracher au rêve. Rêve ? C'est pratiquement la scène de notre rupture, mon dernier souvenir d'elle, hélas ! il y a huit mois, sauf qu'elle n'avait à la main qu'un de mes rasoirs et qu'au paroxysme de la colère, quand j'avais refusé de l'aider une nouvelle fois à combler le déficit de sa société de show-biz, elle avait lacéré ma chemise sans atteindre la peau.

C'était peu de chose. J'ai beau avoir horreur de la violence, je sais bien que les voies de fait sont souvent des thérapies efficaces en ce qu'elles permettent enfin au refoulé de prendre forme, forme extérieure, et ainsi d'être visible et opérable. Elles sont souvent suivies de grands apaisements. N'étaient les risques rédhibitoires qu'elles font courir à l'intégrité du corps, elles seraient le meilleur des traitements de l'âme. Les mots, au contraire, menaces ou énigmes, peuvent faire beaucoup plus de mal, irréparablement. Ainsi, elle : « Et puis, je ne te l'avais pas dit, je suis enceinte ! Eh bien le *donlar* (souvent dans ses moments de rage, elle retrouvait le verlan comme une arme et une protection), tu ne le verras jamais. *Jamais*, tu m'entends ! Je préfère le tuer ! »

Chasser cette horreur de ma tête, ce « jamais, tu ne le verras jamais », la phrase qui a tout saccagé en moi, ce jour de l'été dernier, il y a si longtemps...

XX

De nouveau, j'ai dû tenter d'*en faire mon deuil*. Les rêves ne m'y ont pas aidé. J'en ai fait beaucoup, comme toujours dans les moments troublés. Plusieurs étaient de ceux dont, peut-être simplement à cause du moment propice où l'on se réveille, on garde longtemps les images en soi. Deux ou trois me sont restés. L'un, comme souvent les premiers rêves de la nuit, était violent : cavalcades dans des villes ou des maisons, tumultes, reproches, verres brisés, et soudain, dans une allée bordée de rochers, une jeune femme s'approchait de moi en souriant, me passait le bras autour du cou comme par sympathie, en réalité pour m'immobiliser et, tranquillement, me tirait un coup de revolver dans la tempe. J'avais immédiatement pensé à Læ.

Dans un autre, une jeune femme qui m'était inconnue et qui était accompagnée d'une fillette venait me supplier de la protéger d'un homme qui lui voulait du mal. Cet homme était son père ou son mari. Elle m'était à la fois indifférente et l'inverse ; elle-même paraissait tantôt chercher à me séduire, tantôt me battre froid. Nous traversions des pièces, dans une grande maison assez sombre. À un moment, cette maison n'avait plus que la taille d'une maisonnette fragile, d'une seule pièce, et l'homme arrivait avec une maisonnette pareille, qu'il collait à peu près contre la nôtre, murant ainsi nos portes et fenêtres. Bientôt, je réagissais. L'homme était en face de moi, le dos au mur. Il avait la cinquantaine, les joues mal rasées. Était-ce de le voir ainsi à visage découvert ? Il ne me faisait plus peur. Je me précipitais contre lui avec rage, le rouais de coups : non pas, comme souvent dans les cauchemars, les coups du désespoir, assenés bien plus pour conjurer l'angoisse que pour retarder une défaite trop sûre, mais des coups d'une férocité sans complexe. Et alors, surprise ! il me disait tristement : « Vous pouvez me frapper, cela ne changera rien. » Aussitôt, effrayé de ma propre brutalité et de ses blessures, je fondais en larmes et voulais l'embrasser. Un peu plus tard, réveillé, j'avais, plusieurs minutes, tenté vainement de voir clair dans ce rêve. Lætitia était-elle cette femme ambiguë ? (Et cet enfant, l'enfant qu'elle a failli avoir ?) Et cet homme dont j'avais brusquement pitié ? Moi-même, peut-être. Ou elle, encore — sa sauvagerie.

D'un autre rêve, enfin, Læ était nommément l'héroïne tout en n'apparaissant jamais. Des gens m'indiquaient des cachettes où elle était, derrière des murs de châteaux forts, dans des villes immenses, au fond de sous-sols, après des labyrinthes de couloirs et de pièces en enfilade, des femmes tentaient de se faire passer pour elle, « mais si, je vous assure que c'est moi », ce n'était pas elle, on me mentait, ce n'était jamais elle, elle restait désespérément absente. Je me retrouvais en larmes — l'impression d'être en larmes quoique les yeux probablement secs —, épuisé. C'était le rêve que j'appelais « Lætitia disparue », un de ces rêves qui ressemblent si peu aux rêves car ils portent en eux-mêmes la déception et l'autocritique (« ce n'est qu'un rêve »), non pas, comme parfois, pour aider à les surmonter et pour cautériser enfin la plaie, mais, au contraire, pour la rouvrir à chaque fois un peu plus, pour laisser sur les plages du réveil le dormeur plus pantelant et tuméfié qu'Ulysse rejeté sur la côte des Phéaciens.

Il y a peu, j'ai retrouvé une lettre que je lui avais écrite en septembre dans un moment de colère et qui m'était revenue avec la mention « partie sans laisser d'adresse » : « Non, Læ, lui disais-je, tu ne m'oublieras pas ! Même si tu fais disparaître l'enfant de moi que tu portes, *notre* enfant, même si tu parviens à m'oublier un an, deux ans, dix ans, tu ne m'oublieras pas. Ce que nous avons vécu si longtemps ensemble *(si longtemps : j'exagérais)* ne s'effacera pas. Rien ne s'efface jamais. Tout resurgira. Je hanterai tes rêves et tes comas. Quand tu seras âgée, tes neurones, comme c'est fatal, estomperont le présent et te rendront avec éclat le passé. Je reviendrai. Ta mémoire de vieillarde me ramènera à toi comme un fantôme. Je te hanterai. »

Sursaut rageur d'un amour finissant. Ironie du sort : c'est l'inverse qui aura lieu, si du moins j'ai la patience de vivre assez longtemps pour être un vieillard. Il est bien qu'elle n'ait pas reçu cette lettre véhémente qui n'avait déjà plus de sens. Qu'allais-je lui reprocher ? C'est moi qui risque de l'oublier. Parfois, déjà, je ne la *vois* plus, ni dans mes rêves ni dans mes rêveries. Eurydice deux fois perdue.

XXI

Il y a quelque temps, j'étais dans cette brasserie que j'aime, en face du Palais de justice. Il faisait une chaleur lourde. J'étais près de l'entrée, j'avais commandé un punch. La pluie, comme parfois l'été, s'est mise brusquement à tomber. Les gens qui étaient à la terrasse sont rentrés en trombe, au bout de quelques secondes nous étions entourés d'un rideau opaque. Le boulevard du Palais avait disparu, on ne devinait même plus la façade massive et sombre en face, il n'y avait plus que cet infini déluge devant moi, les fines gouttelettes qui effleuraient parfois mes joues et ce punch qui s'instillait délicieusement dans mes veines jusqu'en haut de mes tempes.

Était-ce cet arrière-goût à la fois ravigotant et trop sucré, rond, fort, végétal, cuivré, avec, peu à peu, émergeant de la symphonie comme un friselis de clavecin qu'on ne distinguait d'abord pas, cette douceur rose et fraîche, entre figue et kaki, ou bien ces gouttelettes sur mon visage ? Je me suis retrouvé subitement dans la plantation de Leyritz, à Basse-Pointe, tout en haut du gros têtard à courtes pattes (ainsi Læ décrivait-elle la Martinique, quand nous regardions des cartes), où nous nous étions retrouvés la deuxième année à Pâques. Les rares touristes étaient en train de déjeuner dans un des bâtiments où travaillaient autrefois les esclaves. Plus personne dans le grand parc. Il faisait très chaud. Nous avancions, pieds nus dans l'herbe large et souple qui couvrait tout. Nous avions encore à la bouche ce goût de... j'y suis : de goyave — un peu de sirop de goyave et beaucoup de vieux rhum agricole. Nous nous étions mis à courir. Était-ce d'être dans l'île de ses ancêtres maternels, Læ était rayonnante. J'étais arrivé le premier au petit oratoire, mais elle me désignait à quelques mètres la fontaine, cet écrin de pierre brune pour la plus bienfaisante des cascades. Déjà elle était nue, se trempait les pieds, s'asseyait, la tête en arrière sous l'écharpe transparente de l'eau. Je l'avais rejointe, batifolant un peu, nous jouions à nous éclabousser, mais déjà, avec une douceur que je ne lui avais jamais connue — la douceur souriante et grave de l'amour (non du désir seul : de l'amour) —, elle m'avait pris la main et m'entraînait en me fixant des yeux, m'interrogeant muettement, repassant du regard tous les traits de mon visage comme pour être sûre de quelque chose, ou

229

comme si elle les découvrait vraiment et voulait les inscrire à jamais dans sa mémoire, et moi la regardant de même (sauf que moi, ce n'était pas la première fois que je la contemplais aussi amoureusement), sans que nous nous quittions donc des yeux, marchant comme des aveugles, guidés seulement par la chaleur ou la fraîcheur de l'herbe, puis la sensation courbe et lisse des premières racines sous la plante de nos pieds, nous étions arrivés tout près d'un immense abricotier. Alors nous nous étions allongés de concert, nous étions nus mais nous ne nous touchions pas, sinon par nos deux mains serrées et nos regards, et nous étions restés ainsi un temps qui m'avait paru une éternité. Puis nous nous étions aimés.

Je revois le paysage infiniment simple qui nous était alors donné et où, ensuite, enlacés au pied de l'arbre, nous avions promené nos yeux un long moment : l'herbe, le ciel d'un bleu infini et, derrière une haie de palmiers, la mer. Des touristes avaient fini par revenir dans le jardin. Le ciel s'était couvert, une petite pluie de printemps s'était mise à tomber sur notre peau, nous ne la sentions pas plus qu'une gaze légère.

XXII

Dernièrement, j'avais erré toute la nuit, je me suis retrouvé près de l'Étoile vers cinq heures du matin, les Champs-Élysées étaient comme je ne les ai jamais vus, absolument figés dans le silence et la lumière de cette fin d'aube — dignes enfin de leur nom de lieu éternel — et j'ai repensé à un petit matin où, sortant d'une boîte avec Læ, je les avais déjà vus ainsi presque sans vie — mais elle, à mes côtés, faisait toute la différence — et soudain cette idée m'est venue, s'est emparée de moi à la façon violente et impérieuse d'une *dernière volonté*, d'aller là, tout près, à gauche, rue du Colisée, à l'étage où se tenaient les bureaux de Communication & Spectacles, la société qu'elle venait de créer au moment de notre rupture définitive. « Bureaux » : c'est un pluriel emphatique ; il s'agissait en fait d'une grande pièce avec douche et cuisinette attenantes où il lui arrivait de passer la nuit quand nous nous étions disputés. Je me souviens qu'elle m'avait dit que c'était juste au-dessus de l'endroit où se tenait, il y a un certain nombre d'années, l'Apocalypse, une boîte qui était devenue célèbre à cause d'une jeune femme qu'elle avait vaguement connue, qui y draguait des célibataires riches, se faisait inviter chez eux, puis, quand ils avaient le dos tourné, introduisait deux complices qui les torturaient, dépouillaient et abattaient proprement (Morgan Sportès puis, au cinéma, Bertrand Tavernier ont raconté, depuis, cette horrible histoire).

Au premier étage, il y avait une plaque de laiton avec « *John-Antoine Zimmer, marketing & merchandising* ». Læ avait vendu ou fait faillite, c'était prévisible. Je suis ressorti vite, retenant ma respiration pendant dix mètres. J'avançais en somnambule, repensant à elle les larmes aux yeux.

Un peu plus récemment encore, revoyant *India Song* au cinéma, j'ai éprouvé au côté gauche, en haut du bras, une petite douleur. J'avais déjà ressenti un élancement de ce genre la veille, dans la rue, sans y prêter autrement attention. Alors, j'ai halluciné soudain ma mort avec une précision qui m'a fait littéralement frissonner (une onde froide dans le dos et des picotements sur le haut du crâne, la fameuse impression que les cheveux se dressent sur la tête). Car, dans cette salle presque déserte, qui aurait entendu mon cri, à supposer que j'aie encore la force de crier, qui aurait entendu le cri sourd et bref d'un homme victime d'un infarctus ? Qui aurait seulement prêté attention, dans le noir, à ce corps qui ne serait peut-être même pas tombé, qui n'aurait peut-être bougé qu'à peine, comme celui de quelqu'un qui dodeline un peu de la tête, par sommeil ou plaisir, ou qui se rencogne dans son siège ? Et ainsi, en quelques secondes, la petite douleur clignotante que j'éprouvais s'amplifiant, explosant terriblement, d'un seul coup, dans tout mon corps, paralysante au point de m'empêcher tout geste ou même tout appel au secours, tout gémissement, si faible soit-il, peut-être allais-je agoniser là, horriblement, comme un chien, au milieu de la rangée vide. « La mort viendra et elle aura tes yeux. » Une seconde, le vers de Pavese m'a traversé l'esprit comme une prière, avec l'image du visage de Læ. Une grande tristesse, une de ces tristesses moites que provoque l'apitoiement sur soi m'a alors empli le cœur.

Et, au moment même où j'imaginais — où je *vivais* — ainsi le pire, a retenti dans le film la voix du vice-consul suppliant l'ambassadeur et les invités de l'ambassade de France :

« Je reste ! cette nuit ! ici ! avec elle ! une fois ! avec elle ! vous entendez ? »

Les syllabes étaient pathétiquement martelées, la voix de Michael Lonsdale, entre le hurlement et le pleur, était éraillée, presque criarde, insoutenable. Et j'ai de nouveau pensé à Læ, à son visage plus beau et plus dur que jamais, la dernière fois que nous nous sommes vus et que je la suppliais, moi aussi, et il m'a semblé que c'était moi qui criais, par cette bouche émouvante, la douleur d'aimer.

XXIII

Je n'ai jamais revu Lætitia. J'ai été tout de suite prévenu, il y a trois semaines, quand elle a eu un grave accident de moto. Agrippée au corps de son nouvel amant, elle s'était écrasée avec lui à cent trente à l'heure sur un poids lourd. J'ai aussitôt décidé de lui rendre visite à l'hôpital de la Cité universitaire où elle était en réanimation. Au moment précis où j'arrivais, un ami commun sortait, très pâle. Il m'a dit : « Ce n'est plus la peine. » J'ai été si abasourdi que je n'ai pas cherché à voir son corps (je n'ai ensuite cessé de me reprocher ce manque de curiosité ou de ferveur, je me le reprocherai jusqu'à ma mort). À l'enterrement, une de ses amies m'a remis un papier dans une enveloppe : « Elle l'avait toujours sur elle, même à l'hôpital. » J'ai reconnu mon écriture, et la lettre : « *Ma petite Læ, Lætitia chérie, il fait nuit encore, je t'écris du salon pendant que tu dors dans le grand lit. Ô ma Læ chérie, pardonne-moi mon indélicatesse de cette nuit, ton corps*

235

était entouré d'une si douce chaleur », etc. Alors, devant tout le monde, je me suis laissé tomber par terre et me suis mis à pleurer.

XXIV

C'est ce moment étale du matin, entre petit matin et matinée. Tout est éveillé, mais se tait encore. L'énergie des choses est partout tapie, déjà doucement à l'œuvre et vigilante, à l'orée du rayonnement. Le discret soleil, clair et gai, posé, seulement *là*, comme la simple présence, sans rien encore d'apparenté au feu, pactise avec la fraîcheur des feuilles. La ville est alors dans sa jeune éternité, plus elle-même qu'à aucune autre heure, presque sans âme qui vive, mais déjà si active, paisiblement humaine, suspendue entre l'odeur du café chaud et le passage des facteurs, dans l'arroi doux des bruits familiers et du premier travail. C'est le moment où le monde ronronne — le moment du vrai bonheur. L'essentiel est encore retenu derrière les façades et les visages, mais les volets ouverts laissent entrer la lumière comme des paupières d'amantes : la poussière des rayons tend ses liens dorés jusqu'aux piles de linge fraîchement repassé et aux

237

guéridons qui sentent l'encaustique. Les enfants sont dans les classes, les fronts commencent à se pencher silencieusement sur les travaux de couture ou d'économie. Pas une voiture. Les quelques passants qu'on croise font un bruit léger, très en deçà de leur épaisseur réelle, à peine plus visibles que des silhouettes imaginées. C'est la gloire du matin — la grâce de quelques matins de mon enfance, retrouvée de loin en loin dans ma vie et précisément aujourd'hui, boulevard de Vaugirard et dans les rues avoisinantes. Une bribe de cantique me revient avec le mot qui veut dire en latin joie et beauté, *lætitia*...

Et paradoxalement ce mot change tout. La résonance des bruits, la couleur des façades perdent, d'un coup, pour moi, leur clair éclat comme on passe du Technicolor au noir et blanc ou d'un *si* à un *si* bémol. Tout s'assombrit, un nuage paraît voiler ce joli soleil de mai tandis que je retombe dans le temps et la navrante réalité : Lætitia est morte, le sursis que je lui ai donné en la faisant revivre par ce récit s'achève et il me semble que j'ai désormais beaucoup moins de raisons de vivre.

NOTE DE L'AUTEUR

Cette histoire procède d'un précédent livre, *Les Derniers Jours du monde,* publié en 1991. Elle en est — comment dire ? — le bourgeonnement, la floraison. Dans un tout autre contexte, elle reprend le canevas et des traits de son histoire d'amour. Transplantée dans le terreau différent d'un récit linéaire écrit au passé, elle s'est développée de façon autonome, un peu comme telle espèce analysée par Darwin a pu, après le morcellement de la terre des Galapagos en îles, *évoluer* dans l'une autrement que dans l'autre.

DU MÊME AUTEUR

Dans la collection L'Infini

LES MARTAGONS, roman, prix Roger Nimier, 1995.

AMOUR NOIR, roman, prix Femina, 1997.

IMMORALITÉS suivi d'un DICTIONNAIRE DE L'AMOUR, 1999.

Chez d'autres éditeurs

M & R, roman, Robert Laffont, 1981.

OUVERTURE DES VEINES ET AUTRES DISTRACTIONS, Robert Laffont, 1982.

LE RETOUR DE L'ESPÉRANCE, le Temps qu'il fait, 1987.

ÉPIGRAMMES *DE MARTIAL* (présentation, choix et traduction), la Différence, 1989.

LES DEUX VEUVES, récit, la Différence, 1990.

TOMBEAU POUR LA LITTÉRATURE, essais, la Différence, 1991.

LA COLONISATION DOUCE, carnets, Éditions du Rocher, 1991 ; 2ᵉ éd. Arléa, 1998.

LES DERNIERS JOURS DU MONDE, roman, Robert Laffont, 1991.

LES TRENTE-SIX PHOTOS QUE JE CROYAIS AVOIR PRISES À SÉVILLE, récit, Maurice Nadeau, 1993.

AIMABLES QUOIQUE FERMES PROPOSITIONS POUR UNE POLITIQUE MODESTE, Éditions du Rocher, 1993.

DERNIERS VOYAGES EN FRANCE, notes et intermèdes, Champ Vallon, 1994.

L'ARC-EN-CIEL DES HUMOURS — JARRY, DADA, VIAN, ETC., essai, Hatier, 1996.

JE N'AI RIEN VU À KYOTO — NOTES JAPONAISES (1983-1996), Éditions du Rocher, 1997.

CADEAUX DE NOËL, historiettes et dessins, Zulma, 1998.

Études plus ou moins savantes :

LES TROIS RIMBAUD, Éditions de Minuit, 1986.

LÉNINE DADA, Robert Laffont, 1989.

SÉMIOLOGIE DU PARAPLUIE ET AUTRES TEXTES, la Différence, 1990.

ESSAIS SUR LE CINÉMA QUÉBÉCOIS, Montréal, Éditions du Jour, 1970.

LE CINÉMA, AUTREMENT, 1977 ; 2ᵉ édition : Éditions du Cerf, 1987.

ÉLOGE DU CINÉMA EXPÉRIMENTAL, Centre Pompidou, 1979 ; 2ᵉ édition : Paris Expérimental, à paraître.

TRENTE ANS DE CINÉMA EXPÉRIMENTAL EN FRANCE (1950-1980), A.R.C.E.F., 1982.

ENTRETIENS AVEC MARGUERITE DURAS, Ministère des relations extérieures, 1984.

UNE RENAISSANCE DU CINÉMA — LE CINÉMA « UNDER-GROUND » AMÉRICAIN, Méridiens-Klincksieck, 1985.

CINÉ-JOURNAL (1959-1971) de Jonas Mekas (préface et traduction), Paris Expérimental, 1992.

CE QUE LE CINÉMA NOUS DONNE À DÉSIRER — Une nuit avec *la Notte,* Liège, Yellow Now, 1995.

COLLECTION FOLIO

2915.	Junichirô Tanizaki	*Le chat, son maître et ses deux maîtresses.*
2916.	Bernard Tirtiaux	*Les sept couleurs du vent.*
2917.	H.G. Wells	*L'île du docteur Moreau.*
2918.	Alphonse Daudet	*Tartarin sur les Alpes.*
2919.	Albert Camus	*Discours de Suède.*
2921.	Chester Himes	*Regrets sans repentir.*
2922.	Paula Jacques	*La descente au paradis.*
2923.	Sibylle Lacan	*Un père.*
2924.	Kenzaburô Ôé	*Une existence tranquille.*
2925.	Jean-Noël Pancrazi	*Madame Arnoul.*
2926.	Ernest Pépin	*L'Homme-au-Bâton.*
2927.	Antoine de Saint-Exupéry	*Lettres à sa mère.*
2928.	Mario Vargas Llosa	*Le poisson dans l'eau.*
2929.	Arthur de Gobineau	*Les Pléiades.*
2930.	Alex Abella	*Le Massacre des Saints.*
2932.	Thomas Bernhard	*Oui.*
2933.	Gérard Macé	*Le dernier des Égyptiens.*
2934.	Andreï Makine	*Le testament français.*
2935.	N. Scott Momaday	*Le Chemin de la Montagne de Pluie.*
2936.	Maurice Rheims	*Les forêts d'argent.*
2937.	Philip Roth	*Opération Shylock.*
2938.	Philippe Sollers	*Le Cavalier du Louvre. Vivant Denon.*
2939.	Giovanni Verga	*Les Malavoglia.*
2941.	Christophe Bourdin	*Le fil.*
2942.	Guy de Maupassant	*Yvette.*
2943.	Simone de Beauvoir	*L'Amérique au jour le jour, 1947.*
2944.	Victor Hugo	*Choses vues, 1830-1848.*
2945.	Victor Hugo	*Choses vues, 1849-1885.*
2946.	Carlos Fuentes	*L'oranger.*
2947.	Roger Grenier	*Regardez la neige qui tombe.*
2948.	Charles Juliet	*Lambeaux.*
2949.	J.M.G. Le Clézio	*Voyage à Rodrigues.*
2950.	Pierre Magnan	*La Folie Forcalquier.*
2951.	Amos Oz	*Toucher l'eau, toucher le vent.*
2952.	Jean-Marie Rouart	*Morny, un voluptueux au pouvoir.*
2953.	Pierre Salinger	*De mémoire.*
2954.	Shi Nai-an	*Au bord de l'eau I.*
2955.	Shi Nai-an	*Au bord de l'eau II.*

Composition Nord Compo.
Impression Société Nouvelle Firmin-Didot
à Mesnil-sur-l'Estrée, le 16 août 1999.
Dépôt légal : août 1999.
Numéro d'imprimeur : 47892.

ISBN 2-07-041053-6/Imprimé en France.